MW01045462

Biblioteca Universale Rizzoli

Guareschi in BUR

GUARESCHI

La favola di Natale

con i disegni dell'autore
nota di Alberto e Carlotta Guareschi

BUR

NARRATIVA

ISBN 978-88-17-100346-9

Prima edizione BUR 1998
Prima edizione BUR Narrativa febbraio 2005
Seconda edizione BUR Narrativa dicembre 2007

Per conoscere il mondo BUR visita il sito **www.bur.eu**

Premessa

uesta favola è nata in un campo di concentramento del Nordovest germanico, nel dicembre del 1944, e le muse che l'ispirarono si chiamavano Freddo, Fame e Nostalgìa. Questa favola io la scrissi rannicchiato nella cuccetta inferiore di un "castello" biposto, e sopra la mia testa c'era la fabbrica della melodia. Io mandavo su da Coppola versi di canzoni nudi e infreddoliti, e Coppola me li rimandava giù rivestiti di musica soffice e calda come lana d'angora.

«Adesso la nonna racconta una fiaba al bambino per farlo addormentare», dicevo alle assicelle del soffitto. Oppure: «Adesso la nonna, il bambino e il cane montano in treno e fanno un lungo viaggio nella notte».

E le muse ispiratrici salivano al piano superiore e dal soffitto piovevano semibiscrome.

Si avvicinava il secondo Natale di prigionìa: Fame, Freddo e Nostalgìa.

Tra i sei o settemila ufficiali prigionieri nel lager c'erano professionisti e dilettanti di musica e di canto. Qualcuno era riuscito a salvare il suo strumento, qualche strumento lo prestarono i prigionieri francesi del campo vicino. Coppola concertò le musiche e istruì orchestra, coro e cantanti. I violinisti non riuscivano a muovere le dita per il gran freddo; per l'umidità i violini si scollavano, perdevano il manico. Le voci faticavano a uscire da quella fame

5

vestita di stracci e di freddo. Ma la sera della vigilia, nella squallida baracca del "teatro", zeppa di gente malinconica, io lessi la favola e l'orchestra, il coro e i cantanti la commentarono egregiamente, e il "rumorista" diede vita ai passaggi più movimentati.

La nostalgìa l'hanno inventata i prigionieri perché in prigionìa tutto quello che appartiene al mondo precluso diventa favola, e gente ascolta sbalordita qualcuno raccontare che le tendine della sua stanza erano rosa. In prigionìa anche i colori sono una favola, perché nel lager tutto è bigio, e il cielo, se una volta è azzurro, o se un rametto si copre di verde, sono cose di un altro mondo. Anche la realtà presente diventa nostalgìa. Noi pensavamo allora alle cose più umili della vita consueta come meravigliosi beni perduti, e rimpiangevamo il sole, l'acqua, i fiori come se oramai non esistessero più: e per questo uomini maturi trovarono naturale che io, per Natale, raccontassi loro una favola, e giudicarono originalissimo il fatto che, nella favola, un uomo s'incontrasse con sua madre e col suo bambino.

«*Che fantasia*», *dicevano*. «*Come fai a pensare tutte queste strane faccende?*»

E la banalissima vicenda interessava i prigionieri forse più ancora del contenuto polemico della fiaba stessa.

Perché La favola di Natale *ha anche un contenuto polemico che le illustrazioni rendono oggi evidente anche al meno avvertito dei lettori, sì che io potrei premettere alla fiaba:* «*I personaggi di questo racconto sono tutti veri e i fatti in esso accennati hanno tutti un preciso riferimento con la realtà*». *La "realtà" era tutt'intorno a noi, e io la vedevo seduta a tre metri da me, in prima fila, vestita da*

Dolmetscher: *e quando il "rumorista-imitatore" cantava con voce roca la canzoncina delle tre Cornacchie e il poliziotto di servizio sghignazzava divertito, io morivo dalla voglia di dirgli che non c'era niente da ridere: «Guardi, signore, che quella cornacchia è lei».*

«Io vi racconterò una favola, e voi la racconterete al vento di questa sera, e il vento la racconterà ai vostri bambini. E anche alle mamme e alle nonne dei vostri bambini, perché è la nostra favola: la favola malinconica d'ognuno di noi». Io, la sera della vigilia del '44, conclusi con queste parole la premessa: ma il vento avrà sentito? O, se ha sentito, sarà riuscito poi a superare i baluardi della censura? O, lungo la strada, avrà perso qualche periodo? Ci si può fidare del vento in un affare così delicato?

Di qui l'idea di stampare la fiaba: il papà ex internato potrà così raccontarla al suo bambino, e da queste povere parole che sanno di fame, di freddo e di nostalgìa il bambino capirà forse quel che il papà soffriva, lassù, nei desolati campi del Nord. E se non capirà il bambino, capirà la mamma.

E – ripensando alle ultime parole della favola – anche per un mio orgoglietto personale:

> *E se non v'è piaciuta – non vogliatemi male,*
> *ve ne dirò una meglio – il prossimo Natale,*
> *e che sarà una favola – senza malinconìa:*
> *«C'era una volta – la prigionìa...»*

Ho mantenuto la promessa e pago il mio debito: eccovi la favola. C'era una volta un prigioniero...

L'AUTORE

La favola di Natale

C'era una volta un prigioniero... No: c'era una volta un bambino... Meglio ancora: c'era una volta una Poesia...

Anzi, facciamo così: c'era una volta un bambino che aveva il papà prigioniero.

«E la Poesia?» direte voi. «Cosa c'entra?»

La Poesia c'entra perché il bambino l'aveva imparata a memoria per recitarla al suo papà, la sera di Natale. Ma, come abbiamo spiegato, il papà del bambino era prigioniero in un Paese lontano lontano.

Un Paese curioso, dove l'estate durava soltanto un giorno e, spesso, anche quel giorno pioveva o nevicava. Un Paese straordinario dove tutto si tirava fuori dal carbone: lo zucchero, il burro, la benzina, la gomma. E perfino il miele, perché le api non suggevano corolle di fiori, ma succhiavano pezzi d'antracite.

Un Paese senza l'uguale, dove tutto quello che è necessario all'esistenza era calcolato con così mirabile esattezza in milligrammi, calorie, erg e ampère, che bastava sbagliare un'addizione – durante il pasto – per rimanerci morti stecchiti di fame.

Stando così le cose, arrivò la sera della vigilia, e la famigliola si trovò radunata attorno al desco, ma una sedia rimase vuota. E tutti guardavano pensierosi quel posto vuoto, e tutto era muto e immobile nella stanza perché anche l'orologio aveva interrotto il suo ticchettare, e la fiamma era ferma, come gelata nel camino.

Allora il bambino – chi sa perché – si levò ritto sul suo sgabello, davanti alla sedia vuota, e recitò ad alta voce la Poesia di Natale:

Din-don-dan: la campanella
questa notte suonerà
e una grande, argentea stella
su nel ciel s'accenderà...

Il bambino recitò la sua Poesia davanti alla sedia vuota del papà e, com'ebbe finito, la finestra si spalancò ed entrò una folata di vento. E la Poesia aperse le ali e volò via col Vento.

«La Poesia aperse le ali?» direte voi. «E come faceva ad aprire le ali? La Poesia è forse una farfalla?»

No, la Poesia è un uccellino. Un uccellino fatto di cielo azzurro impastato in un raggio di luna. Un uccellino che nasce (come sboccia un fiore) nel tiepido cuore del poeta, e subito scappa fuori dalla sua rossa gabbietta e va a saltare sul foglio bianco che sta sopra la scrivania.

Ma non può ancora volare perché gli mancano le ali: e allora il poeta intinge la penna e gli fabbrica le ali con le più belle parole che gli vengono alla mente. E ogni verso diventa una piuma. E quando tutto è finito, l'uccellino spicca il volo e porta per il mondo le parole del poeta. E tutti le leggono perché l'uccellino si posa – ad ali spiegate – dovunque scorge un foglio bianco, e le parole si vedono benissimo perché l'uccellino è fatto d'aria trasparente, mentre le parole sono scritte con l'inchiostro di Cina.

a Poesia, dunque, spiccò il volo e via col Vento.

«Dove vuoi che ti porti?» le domandò il Vento.

«Portami nel Paese dov'è adesso il papà del mio bambino», disse la Poesia.

«Stai fresca!» rispose il Vento. «Perché prendano anche me e mi mandino al lavoro obbligatorio a far girare le pale dei loro mulini a vento! Niente da fare: scendi!»

Ma la Poesia tanto pregò che il Vento acconsentì a portarla almeno alla frontiera.

E cammina, cammina, cammina nella notte di pece, finalmente arrivarono al confine e il Vento fermò il motore, e la Poesia scese e si avviò a piedi verso la siepe

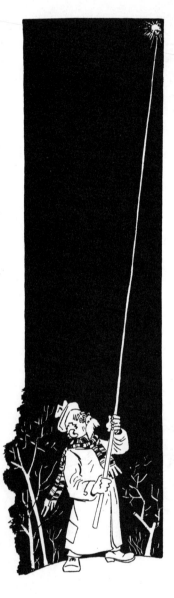

che divideva i due Paesi. Faceva tanto freddo che la povera poesiola aveva tutte le rime gelate e non riusciva neppure a spiccare il volo.

«Dove vai?» le chiese un vecchio il quale, con uno stoppino legato in cima a una pertica, cercava invano d'accendere qualche stellina nel cielo nero. «Dove vai?»

«Al campo di concentramento», rispose la Poesia senza fermarsi.

«Ohimè», sospirò il vecchio. «Internano anche la Poesia, adesso? Cosa ci resterà più?»

La Poesia continuò zampettando il suo cammino e finalmente arrivò al confine ma, appena attraversata la siepe, una rete le piombò addosso ed eccola prigioniera.

«Ah! Ah!» sghignazzò un omaccio vestito di ferro avvicinandosi con una lanterna. «Dove vai? Chi sei? Cosa porti scritto sulle ali? Spionaggio?»

E la Poesia a spiegargli chi fosse e dove andava, e quello a insistere sospettoso. Alla fine parve convinto e, inforcati gli occhiali, cominciò a leggere i versi scritti sulle ali.

Din-don-dan: la campanella
questa notte suonerà...

«No!» disse. «Proibito fare segnalazioni acustiche notturne in tempo di guerra!»

E, con un pennello intinto nell'inchiostro di Cina, cancellò molte parole. Poi, di lì a poco, scosse ancora il capo.

Una grande, argentea stella
su nel ciel s'accenderà...

«Niente! Contravvenzione all'oscuramento!» disse. E giù pennellate nere.

Latte e miele i pastorelli
al Bambino porteranno...

«Niente! Contravvenzione al razionamento!» borbottò. E giù ancora col pennello.

I Re Magi immantinente
sul cammello saliranno...

«Niente!» urlò furibondo. «Basta coi re! Guai a chi parla ancora di re!» E giù pennellate grosse così.

Poi, afferrato un grosso timbro, le timbrò le ali e disse che poteva entrare.

La Poesia si mise a piangere.

«E come faccio a entrare così? Con tutte queste cancellature io non sono più una poesia...»

«O così, o niente!» disse l'omaccione mostrandole un foglio. «Guarda qui: il regolamento parla chiaro».

E il regolamento diceva infatti tra l'altro che, in quel Paese dove tutto è prosa, era proibito l'ingresso alla Poesia. La nostra poverella ritornò malinconicamente indietro e adesso, anche se avesse voluto volare, non l'avrebbe potuto più perché le pennellate nere le avevano tarpate le ali.

«Non ti rattristare, piccolina», le disse un vecchio dalla lunghissima barba bianca che stava seduto su un sasso, vicino alla siepe di confine. «Non ti rattristare se non t'hanno lasciata entrare. Figurati che non lasciano entrare neanche me che ho ingresso libero nei Paesi più importanti del mondo! E sono anni che aspetto qui fuori».

«E chi sei tu?» domandò la Poesia.

«Sono il Buonsenso», rispose il vecchio.

Passò il Vento e la Poesia lo scongiurò ad ali giunte: «Vento, Vento, portami via con te! Riconducimi a casa: le mie ali sono tarpate... Ti pagherò doppia corsa!»

«Non posso», rispose il Vento. «Ho troppo da fare, adesso. Debbo portare dolci ricordi e nostalgìe in tutte le case del mondo. Questa è l'ora dei ricordi e il servizio è duro».

a Poesia riprese il suo cammino nella notte fredda, ed ecco qualcuno apparire sulla strada deserta. Uno strano personaggio il quale borbottava pieno di malumore:

Oh, che bel Natale!
Oh, che bel Natale!
Quest'arietta maledetta
soffia dentro i polmon!

Oh, che bel Natale!
Oh, che bel Natale!
Con la guerra sulla Terra
è una disperazion!...

Chi era il vecchio brontolone? Era proprio Babbo Natale, tutto vestito di rosso e con una gran barba candida, con la gerla sulle spalle e la lanterna in mano.

«Ehilà!» esclamò Babbo Natale, fermandosi a guardare curiosamente la Poesia.

E, inforcati gli occhiali, si chinò a leggere le poche parole rimaste sulle ali del nostro povero uccellino:

La campanella
e una grande argentea stella
sul cammello saliranno
e al Bambino porteranno
Geprüft 47...

«Guarda, guarda!» esclamò. «Una poesia ermetica!»

La Poesia spiegò che lei non era una poesia ermetica, ma il poco rimasto di una onesta poesiola di Natale, e Babbo Natale allora si commosse e disse: «Ti riporterò a casa io. Salta pure dentro la gerla: tanto è vuota!»

«Vuota la gerla di Babbo Natale?» si stupì la Poesia.

«Vuota, sì», sospirò il vecchio.

Chi più pensa ai giocattoli
in questa triste Terra?
Tutti adesso lavorano
soltanto per la guerra!

Non più trenini elettrici
per i bambini buoni:
il ferro, ora, si adopera
solo per far cannoni!

Cercar cavalli a dondolo?
Sono pretese strane:
adesso, il legno, l'usano
per fabbricare il pane!

Tu vorresti una bambola?
Niente, bambina mia:
la cartapesta e i trucioli
servon per l'autarchia!

Cercar dolciumi è stupido:
le chicche son proibite.
Adesso, con lo zucchero,
ci fan la dinamite!

Ogni ricerca è inutile:
dal Motta andar, non vale:
«Panettone?» rispondono.
«Neppur questo Natale...»
E tutt'al più ti spiegano,
in tono riservato,
che di servirti sperano
la Colomba Pasquale
col rametto simbolico
nel becco mandorlato...

Babbo Natale scosse il capo e sospirò: «E così, cara la mia Poesia, la gerla è piena soltanto di speranze. Pazienza: vuol dire che sarà per il Natale prossimo. Andiamo pure».

a, intanto, cosa succede nella casa lontana?

Niente di straordinario: Albertino – così si chiama il nostro bambinello – va a letto e la nonnina, per farlo addormentare, gli racconta una favola.

Vogliamo ascoltarla anche noi quella favola? Siamo abituati ad ascoltarne tante, di favole, che una di più non ci potrà recare danno. Però non è bello stare ad ascoltare i fatti altrui. Aspettiamo dietro la porta che Albertino si sia addormentato.

Ecco: il bambino s'è addormentato, la nonna se ne è andata e il silenzio ha disteso il suo mantello di velluto nero su tutta la casa.

Ed ecco che, dopo un po', si ode un ticchettio contro il cristallo della finestra. Albertino si sveglia, scende dal letto, apre cauto la finestra.

È la Poesia che è ritornata.

«Ebbene? L'hai visto papà?»

«No», risponde la Poesia. E narra la sua triste avventura.

Allora Albertino si mette le scarpine felpate e la mantellina col cappuccio e si avvia deciso alla porta.

«Andrò io dal babbo», esclama risoluto. Scende cauto per la scala, gradino per gradino.

La casa è buia e piena di mistero.

«Mio Dio!» grida a un tratto. «Cosa sono quei due puntini di fuoco che mi fissano?... Ah, il gattino bianco. Che paura m'hai fatto! Micino, fammi luce fino alla porta del giardino!...»

E il micio, con i suoi occhi fosforescenti, illumina la strada ad Albertino.

I sogni dei bambini sono tutti illuminati da occhi di gattini, da lucciole, da stelline. È un tipo di illuminazione molto conveniente perché ci si vede a sufficienza e il contatore non gira.

Mentre attraversa le stanze deserte, voci si levano sommesse.

Oramai tutti sanno: quando Albertino complottava con la Poesia, il Grillo Parlante stampato a pagina 27 del libro di Pinocchio ha udito ed è scappato via dal foglio, ed è corso per la casa a dare la grande notizia: «Il bambino va a trovare il babbo!...»

Così, mentre Albertino passa, le cose gli parlano:

«Digli che conto i minuti che ci separano dal suo ritorno!» sussurra l'orologio.

«Digli che divoro i giorni per abbreviargli l'attesa!» sussurra il calendario.

«Digli che senza di lui non riesco più a spiccicare una parola!» sussurra la macchina per scrivere.

Sul rullo della macchina c'è un foglio scritto a tre quarti: una novellina interrotta proprio sul finale.

22

«Digli, per l'amor di Dio, che torni presto», implora la novella. «Da diciotto mesi Lauretta aspetta Giacomino sotto l'orologio della piazzetta. Non si può lasciare una povera ragazza così, per degli anni, esposta alle intemperie. Digli che venga a concludere!...»

E Albertino promette che riferirà tutto. Ed eccolo alfine nel giardino.

Flik, il vecchio cane da guardia, lo aspetta sulla porta.

«Vengo anch'io dal padrone», dice Flik.

Il gattino s'è fermato sulla porta. Perché dovrebbe avventurarsi in quella gelida notte dicembrina? Per il bel gusto di vedere la faccia del marito della padrona? I gatti non sono dei sentimentali.

È tanto buio, fuori, e si fatica a camminare, ma Flik va a svegliare una lucciola che sverna dentro un buchetto del muro.

Quella protesta: è freddo, e soprattutto non ha petrolio per accendere il fanalino posteriore.

«Ma hai bene la tua dinamo!» osserva Flik.

«Sì, ma è già una dannata fatica per chi le può far

funzionare con la mano, queste benedette dinamo! Figurati poi la fatica che debbo fare io...»

Ma poi la Lucciola cede e – presa la lampadina – si avvia con Flik e Albertino. Ma non camminano molto: sul cancellino si trovano a fianco a fianco con qualcuno che sta uscendo. È un essere ammantato in una lunga palandrana e sembra un fantasma.

Albertino lancia un piccolo grido di paura, ma poi la Lucciola illumina il viso del presunto fantasma.

«Tu, nonnina?»

«Tu, Albertino? E dove vai a quest'ora?»

«E tu, nonnina?»

«Io vado a trovare il mio bambino», risponde la nonna.

Per le mamme i figli restano sempre dei bambini e – se stesse soltanto in loro – continuerebbero a farli dormire eternamente nella culla. E, vedendo un metro e mezzo di gambe uscir fuori dal lettuccio, non direbbero: «Mio figlio è cresciuto». Direbbero: «La culla del mio bambino si è ristretta».

Le mamme sono sempre in lotta col tempo e se, talvolta, si tingono i capelli quando incanutiscono, non è per vanità, ma per illudersi che il tempo non è passato e che il loro bambino – perciò – è ancora un bambino.

«Tu hai un bambino, nonna? E chi è?»

«Il tuo papà...»

Avanzano nella notte al tenue lume della Lucciola: Flik, la nonnina e Albertino. E la mamma? La mamma è rimasta a letto: ha paura del buio e ha tanto freddo; è un po' come il gattino bianco, la mamma, e si muoverebbe, in questa notte, solo se si trattasse del suo bambino.

I figli lontani bisogna andarli a trovare a ogni costo. I mariti lontani basta saperli aspettare. I papà, invece, fanno migliaia di chilometri in sogno anche per rivedere le mamme dei loro figli. L'uomo è un sentimentale come Flik. Non per niente l'uomo è detto l'amico del cane.

E cammina, cammi[...]co che arrivano a una piccola [...]ne dove una locomotiva, dopo [...]ella scorpaccia-
ta di carbone, s[...]pra una buona pi-
pata. «Signora [...] chiede Albertino,
«ci porti da papà?»

«Impossibile», ris[...]motiva. «Crisi dei tra-
sporti, mitragliament[...]di personale...»

«Signora locomotiva», p[...]a nonnina, «portami dal
mio bambino. Non sai cosa rappresenti per una mamma
il suo bambino? Tu non hai figli?»

«E come no?» risponde la locomotiva. «Non sono forse miei figli tutti questi vagoni che tu vedi? E so anch'io, signora, cosa voglia dire avere dei figli lontani! Sapessi, vecchia signora, quanti e quanti miei figlioli sono costretti a lavorare laggiù, nel Paese dove si trova tuo figlio!...»

«Se sai dov'è, vuol dire che tu lo conosci il mio padrone!» esclama Flik. «Effettivamente tu lo devi conoscere: era un tuo ottimo cliente, aveva l'abbonamento...»

La locomotiva mandò fuori un sospirone di fumo nero.

«Lo conosco sì, ma non per l'abbonamento. Purtroppo l'ho dovuto portare io, lassù, assieme agli altri. Quando mi ricordo, mi monta il vapore alla testa del cilindro! Non mi ci far pensare!»

La locomotiva s'era commossa e sospirava con tutti i suoi stantuffi, e allora Albertino la pregò ancora e quella cedette.

«Salite, vi porterò fin dove mi sarà possibile. Non si sa mai quel che possono combinarti lungo la linea quei monellacci della montagna! In carrozza, signori! Si parte...»

E cammina, cammina, cammina, a un tratto il treno si arrestò bruscamente.

«Fine del viaggio», disse la locomotiva. «Il ponte è saltato in aria. Ah, monellacci: sempre voglia di scherzare! Beata gioventù...»

Il treno fece macchina indietro e Albertino, la nonnina e Flik e la Lucciola si trovarono soli in piena campagna.

Dove si va? A destra o a sinistra? E come si fa poi a capire quale è la destra e quale la sinistra quando c'è buio?

Finalmente videro avanzarsi un lumicino rosso ed era il fornelletto d'una grossa pipa, e dietro la pipa procedeva un tipo strano con baffoni, giacca nera, calzoni a righe e tubino.

«Signore, per cortesia, insegnaci la strada per arrivare dal papà», implorò Albertino.

Ma il tipo rispose che lui non sapeva niente, e che non aveva visto niente, e che non si occupava di politica ma badava ai fatti suoi, e che era ancora in giro soltanto perché s'era attardato al caffè con gli amici. Poi, quando si fu convinto che quella era brava gente inoffensiva, si tolse i baffi che erano finti, e si vide che si trattava di una gallina.

«Sono una gallina padovana residente all'estero», disse. «E, così travestita, rimpatrio clandestinamente per fare l'uovo. Voglio che il mio uovo sia italiano!»

«Stupendo!» esclamò la nonnina che era romantica. «Stupendo! Sembra una gallina del Risorgimento!...»

Poi, siccome s'era commossa anche lei, la Gallina disse: «Camminate lungo questa strada, contate 1490 passi, poi voltate a destra, andate sempre diritto e troverete quello che fa per voi. *Adiós*».

Uno, due, tre, quattro, cinque, sei... millequattrocentonovanta passi. Poi voltata a destra, quindi eccoli in un bosco. E cammina, cammina, cammina, d'un tratto sboccarono in una bella radura illuminata da grosse stelle pendenti dai rami degli alberi, come frutti di fuoco.

Era un campo di aviazione: però non uno dei soliti campi coi soliti aeroplani, ma un campo d'atterraggio per Angeli. Angeli d'ogni tipo, Angeli monomotori, bimotori, trimotori, quadrimotori prendevano terra o decollavano.

Gran lavoro, durante la guerra, per l'aviazione del buon Dio. Angeli da ricognizione incrociano sui luoghi delle battaglie e segnalano eventuali concentramenti d'anime. Angeli da trasporto accorrono e caricano le anime e le portano in cielo. Angeli da caccia difendono le formazioni dagli attacchi di neri diavoli alati. Mentre gli Angeli bombardieri rovesciano sulle case, sopra gli ospedali, sopra i campi di prigionìa, grossi carichi di sogni, distruggendo così le opere nefaste della disperazione.

«Vi porterò al campo di concentramento», disse un Angelo che era appunto addetto ai sogni. «Salite».

Era un bell'Angelo con tre paia d'ali, un trimotore, e Albertino e la nonna e Flik e la Lucciola si trovarono ben presto altissimi nel cielo.

E nel cielo nero ogni tanto si spalancava una fine-

strella e s'affacciava una stellina che salutava sventolando il fazzoletto. A un tratto si aprirono anche le imposte d'un grande balcone e la Luna venne fuori a curiosare e tutto il cielo s'illuminò.

«Ritirati, pettegolona!» esclamò l'Angelo.

Ma non fece in tempo a finire che si sentì uno schianto e l'Angelo si inabissò con un'ala in fiamme.

La Flak l'aveva scoperto e colpito. La nonnina, Albertino, Flik e la Lucciola precipitarono nel baratro buio.

«Aiuto!» gridò Albertino.

E il Vento lo udì e accorse, e prese a bordo i naufraghi dell'aria e li portò dolcemente giù, giù, deponendoli alla fine sulla neve soffice. Poi se ne andò borbottando: «Benedetti sogni! Se non vi si stesse attenti, chi sa come andreste a finire!»

Dov'erano andati a cadere i nostri naufraghi?
In un bosco. Un immenso bosco con grandi alberi carichi di neve. E neve copriva la terra, soffice e bianca come panna montata. Un bosco buio, pieno di freddo mistero.

«E adesso, nonnina?» domandò Albertino. «Come si fa?»

«Non temere», lo rassicurò la nonnina. «Domandando si arriva dappertutto. Guarda, arriva proprio qualcuno: buona sera, signora!...»

«Chi è, nonnina?»

«È la Formica», spiegò la nonna. «È la buona Formica che lavora tutta l'estate per mettere da parte roba. E così, quando viene l'inverno, la brava formichina è tranquilla, mentre la Cicala, che ha trascorso tutta l'estate cantando, deve andare da lei a implorare un po' d'aiuto. E la Formica le risponde: "Se hai cantato, adesso balla!" Bisogna sempre lavorare e risparmiare, bambino mio. Il risparmio...»

«A morte il risparmio!» urlò la Formica. «Peste e dannazione a chi ha inventato la Giornata del Risparmio, i salvadanai e la previdenza! Ho lavorato trent'anni come una negra economizzando il centesimo, mi sono fatta a costo di spaventosi sacrifici un gruzzoletto per la vecchiaia, ed ecco il magnifico risultato: le mie cinquantamila lire valgono oggi come settantacinque lire di prima della guerra!... E debbo andare io a elemosinare dalla Cicala la quale, adesso, fa soldi a palate perché – avendo trascorso i suoi giorni guardando il panorama – ora tutti vengono da lei a farsi descrivere le albe rugiadose e i tramonti di fuoco e i placidi meriggi e le profumate notti del felice tempo che fu. Adesso chi ha in magazzino articoli di nostalgìa fa quattrinoni!... Abbasso il risparmio!... Abbasso i capitalisti!... La proprietà degli altri è un furto!...»

E si allontanò cantando inni sovversivi.

«Orrenda guerra che distrugge tante belle favole!» sospirò la nonna.

«Non vi rattristate, signora», esclamò un gufo, affacciandosi al balconcino che si apriva sul tronco di un pino. «Favole vecchie muoiono, favole nuove nascono. C'è sempre la contropartita».

«Dove siamo, signor Gufo?» domandò Albertino.

E il Gufo inforcò gli occhiali e spiegò.

«Esistono sulla Terra il Pae-se della Pace e il Paese della Guerra. Il Paese della Pace è tutto sole e azzurro, e i campi sono pieni di bionde messi, e fiori sbocciano dovunque, in riva ai fiumi, nei boschi e perfino sulle nevose cime delle montagne. E i suoi abitanti la-

vorano la terra e tutti – dietro la casetta – hanno un orticello nel quale coltivano amorosamente i grossi cavoli sotto i quali, in tutte le stagioni, nascono bambini bellissimi.

Il Paese della Guerra è tutto il contrario: perché non c'è mai il sole e il cielo è color del catrame, e nei campi non fiori o messi spuntano, ma baionette; e sugli alberi maturano bombe. E gli uomini si vestono di ferro, e i bambini non nascono sotto i cavoli, ma li fabbricano a macchina e perciò hanno tutti il cuore di ferro e la testa di ghisa. E proprio sul confine tra il Paese della Pace e quello della Guerra si incrociano la strada che va dai Paesi del sole ai Paesi senza sole, e la strada che va dalle terre dove nasce la luce alle terre dove la luce diventa ombra».

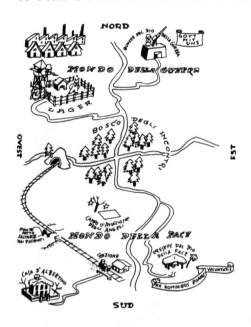

«Signor Gufo», disse Flik, «perdona me, povero cane di campagna, ma mi sembri piuttosto ermetico».

«È semplice», rispose il Gufo. «Qui si incrociano la strada che dal Sud va al Nord, e la strada che dall'Est va all'Ovest. E in questo bosco si incontrano perciò creature dell'un Paese e dell'altro: si incontrano gli abitanti del mondo della Pace e del mondo della Guerra. Quindi non vi stupite. Buona notte».

«Signor Gufo! Ancora una parola, vi prego...»

Ma il Gufo era sparito dentro la sua casetta e Albertino e la nonna e Flik e la Lucciola si trovarono ancora soli nel bosco.

Presero a camminare tra i cespugli e cammina, cammina, s'imbatterono in tre Funghi Buoni rannicchiati ai piedi di una ceppaia.

Erano tre buoni funghi: tanto buoni che erano perfino mangerecci, ma non sapevano niente di niente. Spiacentissimi, ma essi facevano una vita così ritirata e si occupavano tanto poco di politica...

Più avanti si imbatterono in tre rossi Funghi Velenosi con le teste aguzze aguzze come capocchie di chiodi, e domandarono anche a loro, ma quelli scrollarono sgarbatamente il gambo borbottando: «*Weg! Weg!* Via, via!»

E avanti, avanti, incontrarono anche un vecchio tutto bianco che andava in giro con un'accetta in spalla e una valigetta in mano. Si fermava presso gli alberelli e con una lente guardava ramo per ramo. Poi, quando scopriva un ramo cariato, lo tagliava adagio adagio con l'accetta. Ma prima, con una grossa siringa, faceva alla pianta l'aneste-

sia locale perché non sentisse dolore, e, dopo, disinfettava e bendava il ramo troncato.

Appressava lo stetoscopio al tronco delle vecchie piante, e auscultava attento. E massaggiava con olio canforato i grossi nodi, e ungeva con pomate contro i geloni le radici non coperte dalla terra.

Era il Guardiaboschi Buono, il quale innaffiava col Proton i quercioli deperiti, e metteva guanti di lana alle cime dei rami di pino che avevano perso il rivestimento di verdi aghi.

Ma anche lui non sapeva niente di niente: per quanto riguardava la guerra, poi, si ricordava benissimo di Garibaldi, ma non sapeva se fosse guarito o no dalla sua ferita d'Aspromonte.

E via, via, e ancora via fra i tronchi neri, con la Lucciola in testa alla piccola schiera. A un tratto si fermano spaventati.

Giù tutti dietro il cespuglio! Un omaccio dalla barba rossa si avanzava sbraitando e brandendo un grosso fucile.

«A posto!» gridava prendendo a calci e a schiaffi gli alberi. «A posto!»

E tutti gli alberi si mettevano in riga per cinque tremando per la paura, e quello li contava e li ricontava e guai se ne mancava uno!

Poi, se una stellina si affacciava alla sua finestrina nel cielo nero, «Oscuramento!» gridava, e le sparava addosso una schioppettata. E se una lucciola accendeva il suo lumino, l'afferrava con un balzo e le svitava la lampadina. E metteva gli occhiali neri ai gatti perché i loro occhi fosforescenti non brillassero nel buio regolamentare.

Mamma mia che paura! Non era certo il caso di rivolgere domande al Guardiaboschi Cattivo. Meglio starsene ben nascosti.

Quando si fu allontanato, la Lucciola riaccese la sua lampadina e i quattro si rimisero in cammino.

E via, via, e via, finalmente si trovarono davanti a una piccola radura in mezzo alla quale due sentieri si intersecavano.

«Che sia il crocicchio famoso?» disse la nonnina. «Fermiamoci qui: qualcuno dovrà pure passare».

E, difatti, poco dopo apparvero zampettando sul sentiero che veniva dal Sud tre Passerotti, ognuno dei quali portava sulla spalla un fagottello legato in cima a un bastone. E cantavano allegramente:

La famiglia vagabonda guarda qua:
la mammina, il pargoletto ed il papà
che vanno in cerca di mangiar,
ma neve sol si trova ohimè!

Com'è triste sulla neve andare a piè
quando calza né stivale più non c'è!

Ma non importa: la va a pochi,
il tempo bello presto verrà!

E, contemporaneamente, ecco arrivare, dalla parte opposta, tre Cornacchie col kepì e il cinturone con la daga, che camminavano impettite come baccalà. Tre Cornacchie nere, con una lampadina appesa sul petto. Tre Cornacchie di ronda, le quali borbottavano:

Chi, alle dieci, ancora in giro se ne va?
L'ora ormai del coprifuoco è già suonà!
Noi siam la ronda che va a caccia
di nottambuli e beon:

chi non ha le carte a posto va in prigion.
Non è posto, questo qui, per fannullon:
chi non fa niente, sull'istante
al lavor mandato sarà!

«Altolà: documenta!» ordinarono con malgarbo le tre Cornacchie ai Passerotti: e vollero sapere dove andassero e cosa facessero. E i Passerotti spiegarono che andavano alla ventura e vivevano alla giornata nell'attesa che tornasse il bel tempo.

«Pessima vita!» borbottarono le Cornacchie. «Perché non venite con noi, invece? Vi daremo prima di tutto miglio e orzo a volontà per rimettervi in carne...»

«E poi?» chiesero i Passerotti.

«E poi vi infilzeremo in uno spiedo nuovissimo, sterilizzato, d'acciaio inossidabile, e vi cuoceremo con fuoco di legna di primissima scelta. Sentirete che bel calduccio!»

«Preferiamo rimanere al freddo», risposero i tre Passerotti.

Ma le Cornacchie insistettero. «Non vi piace forse l'arrosto? Possiamo accontentarvi col bollito! Vi cuoceremo in una splendida pentola in duralluminio cromato... No? Vi dà forse noia il fumo? Noi abbiamo ogni riguardo per i nostri amici! Se vi dà noia il fumo vi cuoceremo su un potente fornello elettrico di 200 watt. Anzi, facciamo 300: non badiamo a spese, noi!...»

Ma i Passerotti dissero ancora di no.

«Magri ma crudi!» esclamarono.

Allora le Cornacchie se ne andarono indignate borbottando con disprezzo: «Fannulloni!» E quando si furono allontanate, Albertino domandò ai Passerotti se conoscevano la strada per andare dal babbo.

«È una di queste quattro», risposero i Passerotti. «Ma chi lo sa qual è? Noi siamo poveri passerotti di paese e non sappiamo niente di punti cardinali. Ci regoliamo col sole, ma, adesso, il sole non c'è. Però se aspettate, passerà certo qualcuno. Buona notte».

E rieccoli soli. E la notte era buia e fredda e il bosco pieno di mistero. Si sedettero sulla neve ai piedi d'un grosso tronco, stretti l'uno all'altro per stare più caldi. E il tempo passava, e nessuno appariva sul sentiero, e si udiva soltanto la gelida voce del bosco.

Ma, improvvisamente, Flik si levò d'un balzo drizzando le orecchie.

«Cosa c'è, Flik? Cosa c'è?»

Apparve un uomo che camminava curvo con una sacca sulle spalle e, quando fu vicino, la Lucciola gli illuminò il viso.

Flik non aveva sbagliato: era lui.

Era il babbo.

Era il babbo che, nella notte di Natale, era fuggito dal suo triste recinto e ora camminava in fretta verso la sua casa.

Voleva ritornare, almeno quella notte, e girare tutte le stanze e affacciarsi ai sogni di tutti i dormienti.

E il bambino, e la nonna, e il papà si incontravano a metà strada nel bosco dove, la notte di Natale, si incontrano creature e sogni di due mondi nemici.

«Tu qui?» chiese la nonnina con apprensione. «Cosa ti succederà? Lo sai: adesso la fuga dalla prigionìa non è più uno sport!»

«Ma la fuga in sogno è sempre uno sport, mamma! È l'unico sport che ci rimane.

Sognare. I sogni non hanno piastrino; non c'è l'appello notturno dei sogni; non esistono "zone della morte" per i sogni.

Nella stufa il fuoco è spento e nelle stanze squallide si respira aria gelida come ghiaccio liquefatto, ma i sogni non hanno freddo perché gli basta, per scaldarsi, il tenue focherello d'una stella, o un sottile raggio di luna.

Sognare. Quante notti ho percorso la strada che porta alla nostra casetta? Lo so, anche tu, mamma, tante volte hai percorso la strada che porta al mio lager. Ma non ci siamo mai incontrati perché solo nella santa notte di

47

Natale è concesso ai sogni di incontrarsi. È un miracolo che si rinnova da secoli: nella santa notte di Natale si incontrano e hanno corpo i sogni dei vivi e gli spiriti dei morti...»

Albertino si appressa.

«Cosa c'è in quel sacco che porti sulle spalle?»

«C'è tutta la mia ricchezza, figlio mio: gli zoccoli di legno, la gavetta, il cucchiaio, i barattoli, le vostre lettere. I prigionieri non abbandonano mai, neppure nei sogni, il loro sacco, perché in esso è racchiusa la storia della loro miseria. C'è anche il mio fornellino. Vedrai com'è bello: adesso lo accenderemo».

«Non farlo!» lo supplica la madre. «Lo sai che non si possono accendere fuochi all'aperto dopo il secondo appello!»

«Ma tu, mamma, com'è che sai tutte queste cose? Chi te l'ha detto? C'è scritto forse sui giornali?»

«No, queste cose non le stampano nei nostri giornali. Quando la notte vengo a trovarti, giro per le baracche e leggo tutti i cartelli. E guardo tutto: sapessi che pena vedere le tue magliette piene di buchi!... Una volta ho portato con me l'ago e il filo e ho provato a rammendarti il farsetto: ma le mani, nei sogni, sono fatte d'aria».

Il babbo depose la sacca per terra e trasse il fornellino.

«Com'è bello!» esclamò Albertino. «Sembra la macchina del treno... C'è anche il fischio, papà?»

«Ci vorrebbe una scopa per togliere la neve per terra», osservò il babbo. E non aveva ancora finito di parlare che una strana creatura volò giù dal cielo.

«Uh! La Befana!» esclamò Albertino.

Era effettivamente la vecchia Befana: però non stava,

come al solito, a cavalcioni della scopa, ma d'una macchina luccicante.

«Mi sono motorizzata», spiegò la Befana. «E così ho abbandonata la scopa e viaggio in aspirapolvere. Ma qui ci dovrebbe essere una presa di corrente...»

Cercò nel tronco d'un grosso pino e trovò l'attacco e innestò la spina.

Ecco fatto: in due minuti un grande cerchio di neve è spazzato via e il muschio, sotto, è asciutto e soffice come un velluto.

«Buona notte», salutò la Befana decollando.

Si seggono attorno al fornellino ma, adesso, ci vorrebbe un po' di legna e Albertino, scortato da Flik, va in cerca di qualche ramoscello. Un altissimo abete ha tutta la cima secca e Albertino gli domanda: «Signor albero, mi dai un pochettino di legna?»

«Se vuoi la legna vientela a prendere», risponde l'albero sgarbato.

Lì vicino c'è un alberello secco completamente che non serve più a niente e Albertino afferra un ramo e cerca di strapparlo.

«*Sabotage!*» urla l'albero. «*Sabotage!*»

Mamma mia che paura! Ma una vecchia quercia allunga ad Albertino uno dei suoi rami: «Tieni, piccino: prendi tutta la legna che vuoi».

l fornellino è acceso, e la sua fiamma si alza sicura verso il cielo perché è un fornellino con doppia parete, a gassogeno e aria preriscaldata.

Gli alberi si scrollano la neve dal mantello e si avvicinano per venire a scaldarsi i rami intirizziti, e fanno circolo tutt'attorno al focherello. E così, stretti l'uno all'altro, formano una specie di muro che non lascia passare l'aria gelida, e coi rami protesi sulla fiamma formano uno spesso soffitto a festoni.

«Si potrebbe cucinare qualcosa, fare un pranzettino di Natale... Sarebbe bello, così tutti insieme...», dice il papà.

Ma non c'è niente e Albertino si mette in giro con Flik per trovare qualche nocciolina o qualche bacca dolce dimenticata sulle siepi dall'autunno.

Ma cosa succede?

Cos'è questo segnale di tromba?

È il più alto dei Funghi Velenosi che è di vedetta e che dà l'allarme.

«È il momento giusto!» grida con voce concitata. «Se noi riusciremo a farci cogliere e a farci mangiare, noi moriremo, ma essi ne avranno atroci dolori viscerali! Quale stupenda vittoria difensiva!»

E tutt'e tre allungano il collo cercando con ogni sforzo di farsi notare dal bambino: «Qui, qui», dicono. «Da

questa parte si mangia bene!»

I tre Funghi Buoni però si avvedono della subdola manovra.

«Non bisogna permettere che i Funghi Velenosi riescano nel loro nefando intento!» gridano i tre Funghi Buoni. E si avventano come un sol uomo contro i Funghi Velenosi. La lotta è lunga e terribile, ma, alla fine, i tre Funghi Velenosi giacciono esanimi coi cappelli incalcati giù fino ai piedi.

«E adesso andiamoci a costituire: essi hanno fame!» dicono generosamente i tre Funghi Buoni. E si avviano verso il bambino e il sacrificio cantando «Chi per la patria muor vissuto è assai», come i fratelli Bandiera i quali, però, erano due e non erano – nonostante tutto – mangerecci come i tre funghi.

Ma il nobile sacrificio non è più necessario: il papà si è ricordato che nella sua bisaccia c'è, ancora intatta, la razione di pane.

«Tu hai avuto il tuo panettone?» chiede il papà ad Albertino.

«No, papà».

«Lo avrai».

«Sì, papà».

Il papà grattugia il pane col coltello: lo impasterà con acqua e farà una focaccina.

«Come sei bravo!» esclama la nonnina. «Quante belle cose hai imparato in prigionìa!...»

Il gavettone è sul fuoco: un abete allunga gentile un ramo carico di neve e lo scuote dentro il recipiente che, ben presto, comincia a borbottare. Una scintilla esce dal fornellino e va in giro per il bosco come una stellina in balia del vento.

Un'Ape (che è di vedetta sull'albero nel cavo del quale è l'alveare) l'avvista. La scintilla fa la spia all'ape, e l'Ape dà l'allarme.

Le Api fanno rapidamente il pieno, accendono i motori e decollano. Sono mille, duemila, diecimila, e navigano in perfetta formazione a cuneo, tre per tre, verso la zona del fuoco.

È una nube ronzante.

Quando arrivano sull'obiettivo scendono in picchiata. E, passando sopra il fornellino, ogni Ape lascia cadere nel gavettone una goccia di miele. Mille, duemila, diecimila gocce: il recipiente è quasi colmo.

Intanto i tre Passerotti scuotono le cime degli alberi e fanno piovere dentro il gavettone pinoli, bacche dolci, noccioline croccanti.

 Un'Allodola del tipo strato-sferico con un trillo buca il manto nero della notte, si libra fin sopra le nubi, poi su su tra le stelle, fino alla Via Lattea nella quale si immerge ritornando giù carica di candida panna montata. Giunta sul gavettone, si scuote la panna di dosso e la panna cade nella pasta dolce che già è bollente.

Ma il nemico non dorme.

Le tre Cornacchie, dall'alto di un pino, hanno seguito ogni manovra e adottano le contromisure. Si lanciano sopra un mucchio di spazzatura e cominciano a mangiare sassi aguzzi, chiodi, pezzettini di vetro, capocchie di fiammiferi. Ingollano anche i resti dei tre funghi velenosi, e mangia che ti mangia, si gonfiano come botti e riescono appena a levarsi in volo. Hanno il

loro piano: arriveranno fin sul gavettone e faranno come le Api, scaricando nella pasta il loro micidiale carico.

Fortunatamente l'aviazione alleata sta sul chi vive: trecento Api da caccia partono su allarme per intercettare la formazione nemica. Eccole che si avventano sulle Cornacchie e le crivellano di punzecchiate.

Le Cornacchie precipitano in vite.

«Bang!»

Scoppiate come vesciche di surrogato di grasso.

l gavettone borbotta dolcemente e il papà, Albertino, la nonnina e Flik si scaldano le mani al fuoco. E nessuno parla: la felicità non ha bisogno di parole.

A un tratto il Vento porta le note di una musica lontana, carica di accorati accenti.

«Cos'è, babbo?»

«È la canzone della malinconìa. Alla finestra, una sera d'inverno: due occhi guardano attraverso i cristalli la strada che rimane deserta, e il cristallo gocciola e sembra stemperare le lacrime di quella vana attesa. Sul muro bianco, nella stanza, l'ombra scarna della sedia vuota davanti al fuoco. È la canzone che dice la pena di tutti coloro che attendono nelle tristi case. È la canzone che – allo spirare d'una stanca giornata d'attesa – affida le sue note al Vento della notte e così giunge a tutti i lontani campi di prigionìa, e narra a tutti gli uomini la sua malinconìa disperata».

La canzone si allontana nella notte e, di lì a poco, un altro canto che viene da opposte contrade si appressa.

Un canto anch'esso malinconico, ma d'una malinconìa dolce e sommessa.

Altra gente che attende e attende. Gente che da mesi e mesi e mesi guarda il cielo grigio che incombe su quelle straniere lande, e aspetta invano che il sole squarci la

coltre cupa di nubi e ritorni a splendere. Ma che ha tuttavia una luce segreta la quale illumina quei giorni senza sole e quelle notti senza stelle. La luce tenuta viva dall'amore di chi attende nelle case lontane. La luce della fede. E la canzone parte da tutti i campi di prigionìa, e naviga nella notte, e giunge alle dolci contrade recando parole di dolce speranza a chi dalla speranza si sente oramai abbandonato.

Anche la seconda canzone s'allontana e tutto ridiventa silenzioso.

«Guarda, babbo!» grida lietamente Albertino.

Il miracolo è compiuto: la pasta dolce si è gonfiata sino a diventare un grosso panettone profumato e soffice come bambagia. Il babbo toglie dalla sacca la gamella, il coperchio della gavetta, un coperchio di scatola, uno straccetto bianco (l'involucro dell'ultimo lontanissimo pacco da casa), e la nonna apparecchia sul muschio verde e taglia il panettone.

«A chi questa dolce illusione di antica felicità?» chiede la nonnina.

«A noi tutti che abbiamo tanto sofferto», risponde il babbo. E vorrebbe che le fette fossero quattro (una anche per la mamma, da portarle a casa), ma Albertino dice che è inutile.

«Gliela racconterò io, alla mamma, la sua parte di panettone», afferma Albertino.

Le fette sono tagliate e Flik ha le sue briciole e il papà, mentre porge la sua gamella, scopre che, sotto, c'è una lettera.

Posta per il numero 6865! Finalmente! Da quattro mesi il numero 6865 non riceveva posta ed eccolo generosamente ricompensato della lunga, penosa attesa. Perché si tratta di una lettera d'importanza eccezionale: una lettera piena di ricami, d'angioletti d'oro, di stelle d'argento e di nere zampette di gallina: «Caro papà, è Natale e io penso a te...»

È una lettera importantissima perché l'hanno scritta un po' tutti: la nonna dettava; la mamma guidava la mano d'Albertino il quale scriveva; il nonno rileggeva parola per parola, ad alta voce; Flik acciuffava al volo e riportava ad Albertino le virgole che, come farfalline, volavano via dalla penna d'Albertino. E la Carlottina, seduta sul suo seggiolone, lanciava in aria dei piccoli punti esclamativi d'argento che ricadevano sul foglio e si appiccicavano qua e là tra le parole per farle ancora più belle.

«Caro papà, è Natale e io penso a te...»

Posta per il numero 6865: la prima lettera di Natale d'Albertino.

Il pranzo di Natale comincia, e il panettone sa di cielo e di bosco. E tal meraviglia ancora non basta perché questa è notte di miracoli.

Un grande abete si è popolato di fiammelle. Sono gli occhi di mille e mille uccellini che splendono nel buio riflettendo il bagliore del focherello. Anche l'albero di Natale! Ed è il più bello del mondo perché la stella che brilla sulla sua cima non è una delle solite di cartapesta argentata, ma è una stella vera, una stella viva che è scivolata giù dal cielo e si è impigliata tra i rami col suo strascico scintillante.

ntanto il tempo trascorre. Sul sentiero deserto che viene da Oriente, qualcuno s'avanza. È un somarello, e sul somarello è una donna bellissima dagli occhi dolci e splendenti. E davanti all'asinello cammina un buon vecchio dalla barba bianca. L'asinello è stanco: è tanto tempo che cammina senza fermarsi mai.

Cammina, cammina, somarello: bisogna ritrovare la solitaria capanna perché il miracolo possa rinnovarsi.

Perché il Figlio di Dio possa, ancora una volta, schiudere gli occhi alla luce degli uomini.

E l'asinello cammina e nel cielo lo scortano due Angeli che reggono un grande nastro bianco su cui è scritto a lettere d'oro: *Pace agli uomini di buona volontà.*

Ed è, questo, lo stendardo del Dio della Pace.

Ma, sul sentiero opposto che viene da Occidente, dai Paesi dove la luce diventa ombra, avanza sferragliando una grossa macchina scortata da una quintuplice schiera di guerrieri, i quali procedono cantando fieramente un loro inno:

> *Col paltò*
> *corazzat*
> *col gilè d'otton cromato*
> *coi calzon*
> *di lamier*
> *col cappello di ferro smaltato,*
> *com'è bello far sempre il soldat!*

Su la gamb
batti il tac
batti il tac fort sulla terra
con lo schiopp
su la spall,
com'è bello far sempre la guerra
per la pace universale!

La macchina sferragliante è un carro armato, e lo guida un uomo con l'elmo in testa, e dietro di lui sta seduta, tronfia e pettoruta, una grossa donna dai capelli biondi come stoppa e con gli occhiali a stringinaso davanti agli occhi piccoli e cattivi. Scortano il corteggio due feroci aquile che reggono fra gli artigli un drappo nero con una scritta a caratteri di sangue: *Guerra agli uomini di buona volontà.*

Ed è, questa, la bandiera del Dio della Guerra, del Dio che nascerà stanotte (secondo gli ordini ricevuti dal suo governo) in un castello d'acciaio col cannone sul tetto, il quale spara contro tutte le stelle filanti e gli Angeli che passano nel cielo.

Al crocicchio la macchina e l'asinello si incontrano: l'asinello prende la strada che porta ai Paesi del sole, la macchina quella che porta ai Paesi delle gelide ombre.

«La pace sia con voi», saluta il buon vecchio dell'asinello.

«La guerra sia con voi», risponde l'uomo del carro armato.

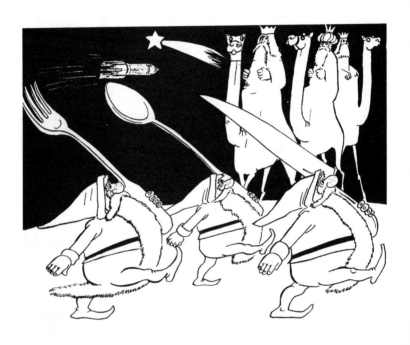

otte santa, notte di miracoli. Si fa tardi ed ecco, sul sentiero ridiventato deserto, apparire una strana cavalcata.

Sono tre vecchi Re seduti sulla gobba dei loro cammelli, e vengono dall'Oriente. E li guida una stella che naviga lenta, facendo fluttuare la sua scintillante coda d'argento nel cielo di velluto nero.

Notte santa, notte d'incontri: nel sentiero che viene da Occidente, si avanza un curioso terzetto. Sono tre Nanerottoli vestiti di rosso, con la barba bianca lunga fino ai piedi, e il naso a patata.

Tre Nanerottoli scappati fuori dal cartellone pubblicitario di qualche fabbrica di posate, tanto è vero che il primo porta sulla spalla – come un fucile – un coltello; il secondo una forchetta e il terzo un cucchiaio.

Li guida sibilando nel cielo non una stella, ma una meteora alla dinamite con la coda di fuoco. Camminano impettiti, al passo, levando le zampette come fanno le oche. Al crocicchio anche i vecchi Re e i Nanetti si incontrano.

«Dio sia con voi», salutano i Magi.

«C'è già», rispondono altezzosi i Nanetti.

«Io porto al Figlio di Maria oro perché Egli è il buon Re degli uomini di buona volontà», dice il primo dei Magi.

«Io gli porto incenso perché Egli è Dio della bontà e sacerdote del Dio della bontà», dice il secondo.

«Io gli porto mirra perché Egli è Dio ma, nella sua divina bontà, vuol soffrire e morire come un uomo», dice il terzo.

I Nanerottoli rispondono sghignazzando:

«Io porto al nostro Dio il coltello perché possa tagliare a fette il mondo!»

«Io gli porto la forchetta perché possa papparselo allegramente!»

«Io gli porto il cucchiaio perché possa raccogliere e mangiarsi anche le briciole!»

«Sia lode al Dio degli uomini buoni», salutano i Magi prendendo la via del Sud.

«Sia lode al Dio dei guerrieri», rispondono i Nanetti prendendo la via del Nord.

Disparvero e il bosco ridiventò deserto. E il papà e il bambino e la nonnina, stretti l'uno all'altro davanti al fornellino, tacevano, e niente si muoveva – neanche una fogliolina – perché le cose e gli uomini attendevano trepidanti.

Mezzanotte...

«È nato!» gridò un'allodola di vedetta su una nuvola.

«Notizia confermata!» disse il Vento. «C'è anche il commento! Udite!»

E portò un dolcissimo canto che veniva da lontane contrade.

La solitaria capanna è tutta risplendente ora, e sulla paglia vagisce il Bambinello, e lo scaldano, col loro fiato, il bue e l'asinello.

Anche nel castello d'acciaio annidato nell'ombra del

Nord, un bambino è nato e piange, nella sua culla corazzata. Ma lo scaldano col loro fiato micidiale un lanciafiamme e lo scappamento del carro armato. Ma la sua voce è aspra e le sue mani hanno già piccoli artigli perché è il Dio della Guerra e nessuno viene a portargli doni.

Mentre invece, alla capanna del Dio della Pace, giungono pastori e pastorelle recando agnelli e anfore colme di latte. Latte scremato: perché le pecorelle sono state tosate e la panna l'hanno adoperata per fare alle pastorelle un mantello di lanital. E i pastori se ne dolgono, ma san Giuseppe sorride: «Non importa: la colpa non è vostra, la colpa è della guerra».

E, dopo i pastori, ecco che arrivano marciando anche i guerrieri vestiti di ferro.

«Sia lode a Dio», dicono in coro. «Dio è con noi».

San Giuseppe scuote il capo: «C'è un errore. Il vostro Dio non è questo. Mai è stato questo. Il vostro Dio è l'altro che è nato nel castello d'acciaio».

«No», dicono i guerrieri. «Adesso il nostro Dio è questo».

«Troppo tardi», risponde san Giuseppe. «Tenetevi il vostro Dio anche per quest'anno...»

A uno a uno gli occhietti che fiammeggiavano sull'abete nel bosco solitario si sono spenti. Nel fornellino la fiamma dà gli ultimi guizzi.

Fa freddo.

Gli alberi hanno riallargato il loro cerchio e il Vento soffia gelido.

Croci nere sono sparse nel bosco e attorno a ogni croce si aggirano mute ombre. E le croci sono tante, e le ombre sono infinite.

«Chi sono, papà?»

«Sono gli spiriti dei vivi che vengono a cercare i loro morti. Guardano tutte le croci che la guerra ha sparso nel mondo, leggono i nomi incisi sulle croci. E quando una mamma ritrova la tomba del suo figliolo, si siede sotto la croce e parla con lui di tempi felici che non torneranno mai più».

Il Vento, intanto, riporta la canzone che è stata fino ai campi di prigionìa e ritorna alle case, e la canzone che è stata alle case e ritorna ai campi di prigionìa.

«Buon Natale, mamma, buon Natale, Albertino», dice il babbo. «Ora ritornate a casa: la vostra canzone vi riaccompagnerà».

«E tu non vieni, papà?»

«Domani, Albertino...»

«Domani o *morgen*?» chiede la nonnina.

«*Dorgen*, mamma».

«Papà, perché non mi prendi con te?»

«Neppure in sogno i bambini debbono entrare laggiù. Promettimi che non verrai mai».

«Te lo prometto, papà».

Se ne sono andati assieme alle loro canzoni e il bosco è muto e deserto.

Nevica e una nuova soffice coltre si stende sull'altra indurita dal vento.

Il cerchio verde attorno al fuoco è ridiventato bianco. Scompare la traccia dei sentieri.

«Notte da prigionieri!» esclama il Passerotto capofamiglia nascondendo la testa sotto l'ala.

E nel muoversi fa cadere una foglia che scende volteggiando lentamente e si posa nel bel mezzo della bianca radura. E si vede che, sulla foglia, c'è scritto la parola FINE. Ed è una foglia stretta stretta:

> *Stretta la foglia – larga la via*
> *dite la vostra – che ho detto la mia.*
> *E se non v'è piaciuta – non vogliatemi male,*
> *ve ne dirò una meglio – il prossimo Natale,*
> *e che sarà una favola – senza malinconìa:*
> *«C'era una volta – la prigionìa...»*

Stalag XB, dicembre 1944
Milano, dicembre 1945

ALBERTO E CARLOTTA GUARESCHI

Favola di un Natale lontano

E se non v'è piaciuta – non vogliatemi male,
ve ne dirò una meglio – il prossimo Natale,
e che sarà una favola – senza malinconìa:
«C'era una volta – la prigionìa...»

Così Giovannino conclude la lettura della *Favola di Natale* nello Stalag XB di Sandbostel nel dicembre del 1944.

Nel settembre del 1945 torna in Italia pieno di speranza per il futuro, ma prova un'enorme delusione, tanto da cercare di ritrovare la speranza che lo ha sorretto nei lager nel ricordo delle sofferenze appena trascorse: «Spiegare cosa sia la prigionìa è perfettamente inutile. Chi l'ha fatta lo sa, chi non l'ha fatta non lo può capire». Così scrive nel 1946 nella prefazione del libro *Attenti al filo!* del pittore e compagno di lager Alessandro Berretti. Aggiunge: «La prigionìa, per comprenderla, bisogna viverla. E per ricordarla bisogna riviverla. [...] Io credo che sia utile ricordare il male trascorso: ciò aiuta molto a sopportare i mali del presente e permette di ritrovare, tra le sofferenze trascorse, quei pensieri onesti e puliti che solo nella sofferenza possono vivere».

Giovannino – e molti altri che come lui in prigionìa avevano «costruito con niente la Città Democratica» – racconta nella prefazione del *Diario clandestino* (1949) che l'immagine della democrazia che si erano fatti nei lager «risulta spaventosamente diversa da quella finta democrazia che ha per centro sempre la stessa capitale degli intrighi e che ha filibustieri vecchi e nuovi al timone delle varie navi corsare».

Nel 1950, parlando della delusione dopo il rientro, in una breve nota autobiografica per l'edizione americana di *Mondo piccolo*, conclude sconsolato: «Mi venne la malinconìa e mi chiusi in casa dove disegnai le illustrazioni per la mia *Favola di Natale* che avevo scritto nel 1944 per rallegrare con un po' di tristezza il Natale mio e dei miei compagni di lager».

La favola di Natale viene pubblicata nel dicembre 1945 dalle Edizioni Riunite di Milano perché la Rizzoli, editrice di tutte le opere di Giovannino, non riesce a farla uscire in tempo per Natale.

Nel 1965 Giovannino, riportando un immaginario dialogo con se stesso nel lager di Sandbostel, nel 1944, racconta su "Oggi" come nacque *La favola di Natale*: «Sta per arrivare il Natale: perché non scrivi una bella favola per questi pezzenti divorati, come te, dalla fame, dalle pulci e dalla nostalgìa? È un modo come un altro per riportarli ai pascoli domestici, per riattaccarli alla vita». Continua: «In verità non ero nuovo a queste imprese pseudo-giornalistiche perché avevo creato una specie di giornale parlato a base di storielle e favolette. E c'era chi mi rimproverava aspramente queste mie pubbliche manifestazioni sentimentali e piagnucolose. Gente convinta che bisogna approfittare delle sciagure nazionali per cavar fuori all'uomo ciò che ha di peggiore in fondo all'anima. Personaggi, insomma, che vedono nell'umanità solo masse da avvelenare, scatenare e mandare allo sbaraglio, per sventolare poi le insanguinate spoglie dei morti come bandiera» (Alessandro Natta, suo compagno di lager, parlando dell'impegno civile e politico degli internati militari ricorda le «pubbliche manifestazioni sentimentali e piagnucolose» di Giovannino in *L'altra Resistenza*, Einaudi, Torino 1997: «Dalla resistenza etica e politica fu necessario distinguere quelle espressioni lacrimose e qualunquistiche, tipo le favolette di Natale dei Guareschi che nel "sacrificio" della prigionìa incubavano i lazzi di "Candido"»).

Prosegue Giovannino: «L'idea mi piacque e scrissi la favola su gualciti e bisunti pezzetti di carta. Raccontai la mia favola la sera del 24 dicembre del '44 e il mio amico Coppola con la fisarmonica accompagnava le canzoncine di cui io avevo scritto il testo e che vennero eseguite da un gruppo di pezzenti come me, pieni di freddo, di fame, di nostalgìa. In una squallida baracca zeppa di altri pezzenti come noi».

Molti anni dopo anche Vincenzo Cerami e Roberto Benigni avrebbero scritto per il film *La vita è bella* una favola dove i protagonisti sono un padre, un figlio e la prigionìa. Una ben più tragica prigionìa, però, non rischiarata dalla luce della speranza: il padre sa che né lui né il figlio si salveranno.

Giovannino, invece, nella sua favola non lascia entrare il figlio nel lager («Neppure in sogno i bambini debbono entrare laggiù») e la speranza di rivedere la famiglia è talmente forte da permettere a lui – e alle migliaia di Giovannini che, come lui, sono "prigionieri volontari" nei lager – di stringere i denti e condurre una coraggiosa (e ingiustamente dimenticata) "Resistenza bianca" sulla propria pelle, rifiutandosi di aderire alla Repubblica Sociale e di collaborare con i tedeschi.

Due favole differenti per due differenti prigionìe ma, soprattutto, con differenti fonti di ispirazione; le muse che ispirarono Giovannino si chiamavano «Freddo, Fame e Nostalgìa».

ELENCO IN ORDINE CRONOLOGICO
DELLE OPERE DI GIOVANNINO GUARESCHI

1941   LA SCOPERTA DI MILANO
Umoristico e con intenzioni autobiografiche.

1942   IL DESTINO SI CHIAMA CLOTILDE
Decisamente umoristico. Talvolta violentemente umoristico.
Scritto con l'intenzione di tenere un po' allegro il lettore.

1944   IL MARITO IN COLLEGIO
Umoristico, ma assai più blando di *Clotilde*. Scritto con l'intenzione di far sorridere.

1945   LA FAVOLA DI NATALE
Scritto nel dicembre 1944 quando era prigioniero in un Lager tedesco.

1947   ITALIA PROVVISORIA
Album di ricordi del dopoguerra italiano.

1948   DON CAMILLO

1948   LO ZIBALDINO
Racconti di vita familiare e storie amene.

1949   DIARIO CLANDESTINO
Ricordi speciali di prigionia.

1953   DON CAMILLO E IL SUO GREGGE

1954   CORRIERINO DELLE FAMIGLIE
Racconti di vita familiare.

1963   IL COMPAGNO DON CAMILLO

1967   LA CALDA ESTATE DEL PESTIFERO
Favola per bambini.

OPERE POSTUME

1986   L'ANNO DI DON CAMILLO
Un anno assieme a don Camillo e Peppone.

1988   OSSERVAZIONI DI UNO QUALUNQUE
Racconti di vita familiare.

1989   RITORNO ALLA BASE
Favole, racconti e ricordi speciali di prigionìa. Inoltre cronaca di un ritorno, dodici anni dopo, alla ricerca delle speranze e dei pensieri del Giovannino di allora, vestito di sogni.

1991   MONDO CANDIDO 1946-1948
Il racconto di un periodo importante dell'Italia fatto con i migliori articoli, rubriche e vignette di Guareschi apparsi su «Candido» dal 1946 al 1948.

1992   MONDO CANDIDO 1948-1951

1993   CHI SOGNA NUOVI GERANI?
GIOVANNINO GUARESCHI
«Autobiografia» a cura di Carlotta e Alberto Guareschi.

1995   VITA CON GIO'
Vita in famiglia & altri racconti.

1996   CIAO, DON CAMILLO
Storie di don Camillo e Peppone.

1996   DON CAMILLO E DON CHICHÌ
Edizione integrale di *Don Camillo e i giovani d'oggi*.

1997   MONDO CANDIDO 1951-1953

1997   DON CAMILLO DELLA BASSA
Comprende *Gente così* e *Lo spumarino pallido*.

1998   PICCOLO MONDO BORGHESE
Comprende *Il decimo clandestino* e *Noi del Boscaccio*.

1998   TUTTO DON CAMILLO
Raccoglie tutti i trecentoquarantasei racconti del «Mondo piccolo» corredati da una scheda illustrativa, indici e appendici.

2001   BIANCO E NERO
Un giovanissimo e inedito Guareschi, cronista e incisore a Parma, muove i primi passi alla ricerca del «Mondo Piccolo».

2003   MONDO CANDIDO 1953-1958

Giovannino Guareschi
Note biografiche

1908 - 1914
A Fontanelle, la nascita, l'infanzia

1908, 1° maggio: nasce a Fontanelle di Roccabianca (PR) Giovannino Oliviero Giuseppe Guareschi, figlio di Lina Maghenzani, maestra elementare del paese, e di Primo Augusto, negoziante di biciclette, macchine da cucire e macchine agricole. La casa natale è anche sede della Cooperativa Socialista che, in occasione della «Festa del Lavoro», ha organizzato un comizio. Le bandiere rosse delle sezioni socialiste della Bassa si ammassano sotto le finestre di casa Guareschi.

«Quella mattina (...) ho il primo contatto diretto con la politica e la lotta di classe. (...) Il capo di quei rossi, Giovanni Faraboli, un omaccio alto e massiccio come una quercia (...) fattosi alla finestra di cucina, mi mostra agli altri rossi (...) spiegando loro che, essendo io nato il primo maggio, ciò significa che sarei diventato un campione dei rossi socialisti! (...) E anni e anni passeranno carichi di travaglio da questo primo maggio, ma intatto mi rimarrà nella carne il tepore delle mani forti di Giovanni Faraboli.»

(Da *«Chi sogna nuovi gerani? "Autobiografia"»*,
di Carlotta e Alberto Guareschi, Rizzoli, Milano, 1993)

1914 - 1924
A Parma e Marore, gli studi

1914, ottobre: la famiglia di Giovannino si trasferisce a Parma, in Vicolo di Volta Ortalli al numero 3. La madre maestra è stata trasferita a Marore, un paesino confinante con Parma, e fa la spola tra la città e il paese. Il padre ha cambiato lavoro e vive commerciando con poca fortuna stabili e facendo il mediatore. Viene richiamato alle armi come operaio militare, e verrà congedato nel 1918. Giovannino viene iscritto nella Scuola elementare «Jacopo Sanvitale» dove frequenterà tutt'e quattro le classi (1914 - 1918). La sua chiesa - San Bartolomeo - è retta da don Pietro Zarotto.

«Scoppiata la guerra io rimasi solo con nonna Giuseppina poiché mio padre dovette mettersi in grigioverde e mia madre faceva la maestra in un lontano paese di campagna.»

(Da *«Chi sogna nuovi gerani? "Autobiografia"»*,
di Carlotta e Alberto Guareschi, Rizzoli, Milano, 1993)

La "carriera scolastica" di Giovannino

1914-1918	Scuola elementare «Jacopo Sanvitale».
1918-1920	R. Istituto Tecnico «Pietro Giordani» (ripete la prima poi viene ritirato).
1920-1925	R. Ginnasio «Romagnosi» (convittore al «Maria Luigia»).
1925-1928	R. Liceo «Romagnosi» (da esterno).
1929-1931	Iscritto all'Università di Parma alla facoltà di legge senza frequentare.

«Ho dieci anni e sono costretto ancora a portare i capelli alla bebè. (…) Mi prendono in giro tutti e ben presto la scuola diviene per me un incubo. (…) Passo le mie giornate nel greto del torrente. (…) Vengo bocciato. (…) Sono un bambino comune e faccio una gran fatica a seguire quello che spiegano i professori perché non provo nessun interesse per gli studi tecnici. (…) Mi lasciano finire l'anno e poi mi spediscono in collegio e mi rapano a zero, con mia grande soddisfazione (…) e incomincio da capo.»

(Da *«Chi sogna nuovi gerani? "Autobiografia"»*,
di Carlotta e Alberto Guareschi, Rizzoli, Milano, 1993)

1920 Giovannino viene messo nel collegio «Maria Luigia» di Parma e frequenta il Regio Ginnasio «Romagnosi». Il suo professore di greco e di latino è Ferdinando Bernini, traduttore della *«Cronaca»* di fra Salimbene e profondo conoscitore dell'umorismo europeo. Anche in lui, come in altri ginnasiali che diverranno illustri, imprime il marchio indelebile della curiosità intellettuale.

1921 La famiglia si trasferisce da Parma nel nuovo palazzo delle Scuole di Marore e Giovannino la raggiunge per i fine-settimana e le vacanze.

1924 Inizia l'Istruzione premilitare (Milizia Volontaria Sicurezza Nazionale) iscrivendosi alla Società di Tiro a Segno di Parma e continuerà fino al 1929.

1925
A Parma, la crisi
1925 La famiglia di Giovannino viene travolta da traversie economiche e, il 4 novembre, il padre viene dichiarato fallito. Questo

influisce sul suo rendimento scolastico: lo attesta la Nota del Rettore di quel periodo.

«L'ultima nota rivela una mia improvvisa insofferenza per la disciplina e a causa dei grossi disagi economici di mio padre modifico, negli ultimi mesi, il mio atteggiamento nei confronti della scuola. Mi capita più volte, come del resto a tutti gli altri membri della famiglia, tornando a casa per le vacanze, di dover dormire per terra e devo trascurare gli studi per costruire con le mie mani dei letti, delle sedie, una tavola, un buffet *e una scrivania.»*
(Da *«Chi sogna nuovi gerani? "Autobiografia"»*,
di Carlotta e Alberto Guareschi, Rizzoli, Milano, 1993)

giugno: giunge allo scrutinio finale con ottimi voti ma viene rimandato con 5 in latino e 4 in storia e geografia nell'esame d'ammissione alla 1ª liceo. Giovannino è in crisi. Cesare Zavattini - suo istitutore di pochi anni più vecchio che ne ha intuito le doti di irrefrenabile umorismo - deve scrivere, nella nota dell'ultimo trimestre firmata dal rettore, che è diventato *«un caposquadra pericoloso»*. Nell'estate va a ripetizione di latino da don Lamberto Torricelli, il parroco di Marore, e a ottobre passa con due 8.

«Il mio vecchio parroco (...) assomigliava molto a don Camillo (...) mi allentava uno scapaccione e poi mi insegnava a fare il compito di latino.»
(Da *«Mondo Candido 1946-1948»*, Rizzoli, Milano, 1991)

ottobre: Giovannino, a causa del tracollo familiare, deve abbandonare il convitto «Maria Luigia» e frequentare il Liceo «Romagnosi» da esterno.

1927 - 1933
A Parma, la maturità classica, il giornalismo, la bohème

1927, 23 ottobre: partecipa alla vita del liceo candidandosi alla presidenza dell'Associazione liceale e viene eletto presidente. Inizia a fare piccoli lavori come cartellonista per avere qualche soldo in tasca.

1928 Inizia a correggere le bozze al *Corriere Emiliano* che, il 30 giugno, ha assorbito la *Gazzetta di Parma*. Continuerà fino al 1931 quando passerà redattore.

luglio: ottiene la maturità classica.

1929, 8 gennaio: si iscrive alla facoltà di legge dell'Università di Parma. Rimarrà iscritto fino al 1931 per poter rimandare il servizio militare.

17 maggio: inizia a collaborare al settimanale *La Voce di Parma* con articoli, poesie e disegni. Il primo articolo è la cronaca del viaggio degli universitari di Parma a Roma. Firma i suoi pezzi "Michelaccio". Continuerà fino alla fine del 1930.

10 luglio: vince il concorso della *Voce di Parma* con la novella *Silvania, dolce terra.*

6 agosto: viene assunto come portiere stagionale allo zuccherificio di Parma della «Ligure Lombarda». Farà sei stagioni.

5 dicembre: viene assunto come istitutore al «Maria Luigia» (novembre - giugno 1930).

Fa delle xilografie per il numero unico *La Valanga.*

1930, marzo: collabora al settimanale *La Fiamma* con pezzi, disegni e incisioni riprese anche da altri giornali. Continuerà fino al 1933.

Fa incisioni su linoleum per disegni pubblicitari.

maggio: fa le xilografie per due testate di numeri unici: *La Caffettiera* e *Corse al Trotto.*

luglio: appaiono sul *Tevere* un suo pezzo firmato "Petronio" e le sue illustrazioni di cinque racconti brevi di Cesare Zavattini.

dicembre: collabora a *La Guardia del Brennero,* numero speciale della *Voce di Parma.*

1931 Diventa aiuto-cronista al *Corriere Emiliano* con una collaborazione fissa. Passerà poi cronista e infine capo-cronista facendo articoli, cronaca, capicronaca, corsivetti, novelle, rubriche e disegni (anche politici). Si firmerà spesso "Michelaccio". Nel giugno del 1935 sarà licenziato per esubero di personale.

febbraio: fa la xilografia per la testata del numero unico *Sua Maestà il Carnevale.*

aprile: viene assunto come ufficiale supplente per il Censimento del 21 aprile.

23 giugno: Mino Maccari lo invita a collaborare al *Selvaggio* ma la cosa non ha seguito.

novembre: collabora con pezzi, poesie e disegni al numero unico *Bazar.* Curerà anche i numeri del 1933, 1934, 1935, 1937 e 1939.

Si trasferisce da Marore a Parma nella soffitta di Borgo del Gesso n. 19.

«*Viaggio su una orrenda bicicletta da donna che pare una centrale elettrica tanto è aggrovigliata di fil di ferro. Per non ungermi i pantaloni me li rimbocco fin sopra il ginocchio e pedalo alla diotifulmini pestando sui pedali coi tacchi e tenendo le ginocchia in fuori.*»
(Da «*Chi sogna nuovi gerani? "Autobiografia"*»,
di Carlotta e Alberto Guareschi, Rizzoli, Milano, 1993)

1932, dicembre: collabora al numero unico *La Cometa* con disegni, pezzi e poesie.

1933, maggio: incide su linoleum la testata del *Numerunico.*

giugno: conosce Ennia Pallini, la compagna della sua vita.

«Ennia fa la commessa in un negozio di scarpe in città. Ha una splendida chioma rossa, occhi fiammeggianti e un carattere molto volitivo. Ennia sarà "Margherita", la mia compagna, nel bene e nel male, nei miei libri e nella vita.»

(Da *«Chi sogna nuovi gerani? "Autobiografia"»*,
di Carlotta e Alberto Guareschi, Rizzoli, Milano, 1993)

luglio: organizza una mostra per l'Opera Nazionale Balilla.

1934 - 1936
A Potenza e Modena, il servizio militare,
poi il gran salto per Milano

1934, 8 novembre: parte per il servizio militare. Destinazione la Scuola Allievi Ufficiali di complemento di Potenza. Alla Scuola collabora al Numero unico *Macpizero* con *L'epistolario amoroso del soldato Pippo* (testo e disegni) e altre caricature.

1935, 10 maggio: torna a Parma in licenza in attesa di nomina ad aspirante ufficiale e inizia la collaborazione con disegni e pezzi al *Secolo Illustrato*. Continuerà fino al febbraio 1936.

Collabora al *Lunedì* della *Voce di Parma*. Compare un suo disegno sulla *Domenica del Corriere* («Le Cartoline del pubblico»). Altri in agosto e settembre e uno nel settembre 1937.

settembre: inizia a collaborare a *Cinema Illustrazione* - diretto da Zavattini - dove pubblica, settimanalmente, un disegno fino a dicembre.

ottobre: pubblica un disegno su *Menelik*.

1936, febbraio: inizia il servizio di prima nomina al 6° Reggimento di Corpo d'Armata di Modena come aspirante ufficiale. Viene promosso sottotenente di complemento in maggio.

luglio: termina il servizio di prima nomina.

8 agosto: Angelo Rizzoli gli scrive proponendogli il posto di redattore al *Bertoldo*.

1936 - 1943
A Milano, il *Bertoldo*, le collaborazioni, l'EIAR

1936, settembre: si trasferisce a Milano in una stanza d'affitto in via Gustavo Modena assieme a Ennia e inizia a lavorare al *Bertoldo* come redattore, collaborando con pezzi e disegni. Nel febbraio del 1937 passa redattore capo con l'impegno di curare anche l'impaginazione dell'Almanacco *Arcibertoldo* e collaborare con pezzi e disegni. Continuerà, come redattore capo, fino alla chiusura del settimanale, il 10 settembre 1943.

1937 Riprende a collaborare con disegni e pezzi al *Secolo Illustrato* e pubblica dei disegni su *L'Asso* firmandosi con il cognome di Ennia (Pallini).

marzo: collabora al *Corriere Emiliano* con pezzi, con la rubrica

83

«Bianco e Nero» (firma "Michelaccio") e con disegni fino all'aprile.

giugno: dietro sollecitazione di Leo Longanesi invia delle tempere e una viene pubblicata su *Omnibus*.

1938 Si trasferisce in un appartamento al quarto piano del n. 18 di via Ciro Menotti.

Collabora all'*Ambrosiano* come illustratore di novelle e con vignette.

Collabora con la rubrica «Dizionarietto della signora» ad *Annabella*.

Collabora a *Kines, Kinema* e *Piccola*.

marzo: compare un suo disegno sul numero unico *E vi farem vedere (i sorci verdi)*.

aprile: diventa redattore e collaboratore del settimanale *Tutto* di Rizzoli.

agosto: inizia a collaborare alla *Stampa* con delle *strips*. Continuerà fino all'ottobre del 1942.

Inizia a collaborare con l'EIAR scrivendo testi. La sua collaborazione continua con scenette, conversazioni, pubblicità e rubriche a puntate fino al 1942, quando, a causa del suo arresto, gli verrà tolta.

novembre: illustra un romanzo a puntate di Notari sull'*Ambrosiano*.

	Le collaborazioni più note all'EIAR
1938	"Attualità": «Partenze, «Caccia e cacciatori», «Storielle di stagione» e «Pompieri»; (a sei mani con Marchesi, Metz, Morbelli, Nizza e Rovi) il testo di «Attenti al martellone», "radioallegria"; il testo dell'"Attualità" «Ritorno a piedi» e «Casa mia, casa mia»; i testi «È arrivato l'annunciatore» e «Intervista col Trio Lescano»; «Voci del mondo - L'ora delle cassiere» e «Il grattacielo n. 15» (a puntate).
1939	«Rivista dei luoghi comuni: Inverno»; «Presto si parte»; «Battista» e «Camillo» per la rubrica a puntate «Dimmi il tuo nome».
1940	Assieme a Cavaliere il testo per cinque puntate della rubrica «Salotti»; una "Conversazione" e per la scena «Quel povero galantuomo di un ladro». Partecipa alla trasmissione «Al gatto bianco» assieme a Carletto Manzoni.
1941	Scrive assieme a Carletto Manzoni il testo della fantasia musicale «Giovanni dammi la lira».
1942	Scrive alcune puntate della rubrica «La classe degli asini»; la commedia radiofonica «Il doppio fidanzato di Chiaravalle»; assieme a Cavaliere e Buzzichini il testo per l'EIAR «Mani in alto!» per la rubrica «Terziglio».

1939 Collabora al *Guerin Meschino* con pezzi e disegni. Pubblica un disegno su *Milano in fiore*. Collabora alla sceneggiatura del film di Francini *Imputato, alzatevi* interpretato da Macario.

maggio: viene richiamato e destinato al 2° Reggimento di Art. di C. A. - XXIII° Gruppo 105/28 ad Acqui (AL).

Si sposta in vari campi: Carcare, Spotorno, Albissola, Finale Ligure, Alassio e Cairo M.

Viene trasferito a Sambuco (CN) e a Pietraporzio. Ritorna ad Acqui. Poi a Milano in licenza per un mese.

1940 Viene iscritto all'Ordine dei Giornalisti.

Collabora con novelle a *Gioia*.

Collabora a *Stampa Sera* con la rubrica (illustrata con un suo disegno) «Oh, che bel mestiere!».

10 febbraio: si sposa con Ennia.

Collabora come redattore al *Marc'Aurelio*.

Collabora come redattore e con pezzi e disegni al *Settebello* di Rizzoli. Continuerà anche nel 1941.

Presenta il 15 maggio a Lecco e il 30 maggio a Bologna la «Serata del dilettante».

agosto: scrive assieme a Manzoni il testo per la rivista «Tutto per tutti e niente per nessuno».

settembre: collabora a *Novella-Film* con disegni e novelle.

novembre: pubblica due disegni su *Storia di ieri e di oggi*.

Inizia la collaborazione con elzeviri, novelle, due ciclo-*reportage* al *Corriere della Sera*. Continuerà fino al 4 novembre 1942.

dicembre: Collabora con un articolo al numero speciale *Juvenilia*.

1941 Collabora a *Film*.

Illustra la rubrica in versi di Cavaliere «Cronache per tutte le ruote» sull'*Illustrazione Italiana*.

gennaio: collabora con una novella a *Scena Illustrata*.

ottobre: collabora a *Novella-Film* con una rubrica illustrata con suoi disegni.

novembre: esce *«La scoperta di Milano»*.

dicembre: Collabora con un fumetto al mensile della Cassa di Risparmio delle Provincie lombarde *Fonteviva*.

1942 Pubblica alcune vignette pubblicitarie sul *Travaso*.

Illustra l'opuscolo in versi di propaganda anti-inglese di A. Cavaliere *«Sentinelle del cielo»*.

marzo: collabora alla Radio Militare fino all'ottobre/novembre.

Illustra 5 numeri di una storia a fumetti con testo di Brancacci per *Ridere*: *«La famiglia Brambilla (naviga, vola, trema e viaggia)»*.

aprile: illustra il fumetto con testo di Brancacci *«Pasticca & C»* per *Ridere*.

luglio: esce *«Il destino si chiama Clotilde»*.

14 ottobre: arrestato dall'UPI per avere "diffamato" - durante una sbornia - Mussolini & compagni. Verrà liberato il giorno dopo ma, in dicembre, verrà richiamato per punizione. Dopo il suo arresto gli verrà tolta la collaborazione al *Corriere della Sera*, alla *Stampa* e all'EIAR.

dicembre: richiamato (per punizione) e destinato all'11° Art. 1060 Batt. di Alessandria.

Inizia a collaborare con pezzi e disegni all'*Illustrazione del Popolo* pubblicando a puntate *«Il marito in collegio»*. L'ultima puntata esce nel maggio 1943.

1943, aprile: viene bombardata e distrutta la casa di via Ciro Menotti e Giovannino, in licenza per l'ulcera, partecipa allo spegnimento delle fiamme isolando il tetto.

settembre: prepara testo e disegni per l'album a fumetti *«Ciccio Pasticcio e i due compari»* per gli Albi *Ragazzi Avventurosi*. (Uscirà in ottobre quando è prigioniero in Polonia.)

1943 - 1945
La prigionìa in Polonia e Germania
1943, 9 settembre: inizia la sua prigionìa in Polonia e Germania.

«Io, insomma, come milioni e milioni di persone come me, migliori di me e peggiori di me, mi trovai invischiato in questa guerra in qualità di italiano alleato dei tedeschi, all'inizio, e in qualità di italiano prigioniero dei tedeschi, alla fine. Gli angloamericani nel 1943 mi bombardarono la casa e nel 1945 mi vennero a liberare.(...) Per quello che mi riguarda, la storia è tutta qui.»
(Dal *«Diario clandestino»*, Rizzoli, Milano, 1949)

Le tappe della prigionìa di Giovannino

1943
Il **9 settembre 1943** viene fatto prigioniero dai tedeschi nella caserma di Alessandria.

Il **13 settembre** parte dalla stazione di Alessandria e arriva a quella di Bremerwörde (D)

il **18 settembre**. Di lì, lo stesso giorno, a piedi, va nell'OFLAG XB di Sandbostel (D). Riparte a piedi

il **23 settembre** per la stazione di Bremerwörde (D) da dove riparte subito e arriva

il **27 settembre** alla stazione di Czestokowa (Pol.) e da lì alla NORDKASERNE STALAG 367.

Il **12 ottobre** viene condotto al Santuario di Czestokowa. Dalla NORDKASERNE STALAG 367

l'**8 novembre** viene condotto alla stazione di Czestokowa da dove parte e arriva

il **10 novembre** a Beniaminowo (OFLAG 73 - STALAG 333).

1944

Riparte per la Germania
il **30 marzo** e arriva alla stazione di Bremerwörde (D)
il **1° aprile**. Da lì, a piedi, viene condotto all'OFLAG X B di Sandbostel (D)
il **2 aprile**.

1945

Dall'OFLAG XB di Sandbostel (D) a piedi alla stazione di Bremerwörde (D)
il **29 gennaio 1945** e riparte il 30 per l'OFLAG 83 di Wietzendorf (D) dove arriva
il **31 gennaio**. Viene liberato
il **16 aprile** e parte dall'OFLAG 83 di Wietzendorf per la cittadina di Bergen
il **22**. Dalla cittadina di Bergen (D) rientra nell'OFLAG 83 di Wietzendorf (D)
il **1° maggio**. Dall'OFLAG 83 di Wietzendorf (D) viene rimpatriato
il **29 agosto** e arriva a Parma
il **1° settembre 1945**.

1944, agosto: viene pubblicato «*Il marito in collegio*».

«*Non abbiamo vissuto come i bruti. Non ci siamo richiusi nel nostro egoismo. La fame, la sporcizia, il freddo, le malattie, la disperata nostalgia delle nostre mamme e dei nostri figli, il cupo dolore per l'infelicità della nostra terra non ci hanno sconfitti. Non abbiamo dimenticato mai di essere uomini civili, con un passato e un avvenire.*»
(Dal «*Diario clandestino*», Rizzoli, Milano, 1949)

1945 - 1951
Ancora a Milano, il *Candido*,
«*Don Camillo*», il processo Einaudi

1945, settembre: ritorna a Milano con la famiglia che era sfollata a Marore (PR) e occupa l'appartamento di via Pinturicchio 25.

ottobre: collabora con pezzi e disegni a *Tempo Perduto* fino a novembre.

novembre: viene assunto da Rizzoli per il settimanale *Candido* che fonda il mese successivo assieme a Mosca e Mondaini, collaborando con scritti e disegni. Mosca e Giovannino rimarranno condirettori fino al 1950, quando Mosca verrà allontanato da Rizzoli. Rimarrà unico direttore fino al 10 novembre 1957. Poi subentrerà Alessandro Minardi.

dicembre: viene assunto dal quotidiano *Milano Sera* come redattore ordinario rimanendo in forza fino al 30 marzo 1946.

Pubblica «*La Favola di Natale*».

A *Candido* lavoreranno scrittori e disegnatori come Carletto Manzoni, Massimo Simili, Giaci Mondaini, Vittorio Metz, Bruno Angoletta.

Disegnatori come Walter Molino, Ferdinando Palermo, Sergio Toppi, Giorgio Cavallo, Resio, Gigi Vidris, eccetera.

Per le rubriche e servizi: Pietrino Bianchi (*Volpone*), Oreste del Buono (*Strabicus, Melitretto, Domenico Pomeriggio*), Eugenio Gara (*Bardolfo*), Enrico Piceni (*Picus*), Vittorio Metz (*Gaius*), Nino Nutrizio (*Domenico Pomeriggio*), Jader Jacobelli, Massimo Rendina, Giorgio Pillon, Franco Pagliano, Roberto Cantalupo, Aldo Cocchia, Teodoro Celli, Giorgio Torelli, Lino Rizzi, Giovanni Cavallotti (*Vice*), Enrico Mattei (*Quirinetto, L'osservatore*), Ferdinando Palmieri (*Laerte*), Leo Longanesi (*Il Borghese*), Indro Montanelli, Lorenzo Bocchi (*Lorenzaccio*), Giuseppe Biscossa (*Leponto*), Vittore Castiglioni (*Micromega*), Leonida Fietta (*Il Provinciale*), Luisa Castagnin (*Luca*), Giuseppe Puglisi, Giovanni Durando, Vincenzo Porzio, Manrico Viti, Giacomo Di Marzano, eccetera.

Collaboreranno, tra gli altri, Massimo Pallottino, Giorgio De Chirico, Vittorio Paliotti, Pasquale Pale, Piero Operti, Giorgio Pisanò, Emilio Faldella.

Segretaria di redazione la fedelissima Rosanna Manca di Villahermosa.

1946 Su *Candido* conduce assieme a Mosca e ai collaboratori una strenua battaglia a favore della monarchia in occasione del Referendum istituzionale. Collabora con una rubrica a *Oggi*: continua, anche con disegni, nel 1947. Collabora con una rubrica e novelle a *Gioia*. Continua anche nel 1947.

febbraio: collabora con disegni fino all'aprile a *Riscatto*.

giugno: collabora al *Giornale dell'Emilia* con disegni e rubriche fino ad agosto.

settembre: pubblica un articolo su *Le Alpi*.

23 dicembre: collabora con un disegno e un pezzo al *Sanbartolomeo*.

Pubblica due disegni su *Il Reduce*.

Pubblica il primo racconto della serie «Mondo piccolo» su *Candido* n. 52 con il titolo «Don Camillo» (lo titolerà «Peccato confessato» quando, nel 1948, lo inserirà nel volume *«Mondo piccolo»*.

1947

gennaio: collabora con disegni al *Giornale del Popolo* di Lugano fino a marzo.

aprile: scrive i testi per la rubrica radiofonica pubblicitaria per il Calzaturificio di Varese «Caccia ai ricordi». Scrive i testi della serie pubblicitaria per la Gazzoni dei Radio-processi «Signori, entra la corte» (29 puntate trasmesse tra il 1947 e il 1949). Collaborerà ancora con la RAI fino al 1949.

maggio: scrive per *Il Commento* un pezzo sul «Giro d'Italia». Scrive un articolo su *Valtellina*.

novembre: pubblica *«Italia provvisoria»*.

1948 Conduce assieme a Mosca e ai collaboratori una forte battaglia contro il Fronte Popolare per le elezioni politiche.

marzo: pubblica *«Mondo piccolo - Don Camillo»*.

«Così vi ho detto, amici miei, come sono nati il mio pretone e il mio grosso sindaco della Bassa. (...) Chi li ha creati è la Bassa. Io li ho incontrati, li ho presi sottobraccio e li ho fatti camminare su e giù per l'alfabeto.»

(Da *«Don Camillo e il suo gregge»*, Rizzoli, Milano, 1953)

dicembre: pubblica *«Lo Zibaldino»*.

1949, giugno: scrive il testo per il volumetto *«Storia dell'automobile»* per la «Ardiv» di Milano.

dicembre: esce *«Il Diario clandestino»*.

«Il quale diario, come dicevamo, è tanto clandestino che non è neppure un diario, ma secondo me potrà servire, sotto certi aspetti, più di un diario vero e proprio a dare un'idea di quei giorni, di quei pensieri e di quelle sofferenze.»

(Dal *«Diario Clandestino»*, Rizzoli, Milano, 1949)

1950 Si trasferisce nella casa di via Augusto Righi, n. 6.

«Ero diventato un pezzo della casa di Milano: la parte più disgraziata, quella che, dalla mattina alla sera, si arrabattava con martelli, tenaglie, trapani, chiodi, scope, aspirapolvere, lucidatrici. E quando non si aggirava per la casa in preda a frenesia, doveva starsene ad ascoltare Margherita ossessionata dai tremendi, insolubili problemi legati alla conduzione di una casa.»

(Da *«Vita con Gio'»*, Rizzoli, Milano, 1995)

giugno: scrive il soggetto, la sceneggiatura e i dialoghi per il film *Gente così*.

13 luglio: muore la madre, la signora Maestra Lina Maghenzani.

Seppellita a Milano, tre giorni dopo Giovannino la fa riesumare e trasportare a casa, a Marore. Tre mesi dopo, il 16 ottobre 1950, le giungerà il «Diploma di benemerenza di prima classe con facoltà di fregiarsi di medaglia d'oro. Quattro anni dopo, 15 maggio 1954, il

Ministero della Pubblica Istruzione le riconoscerà il diritto alla pensione.

22 agosto: quaranta giorni dopo la madre muore il padre, Primo Augusto.

ottobre: Mosca viene allontanato dal *Candido* da Rizzoli e Giovannino rimane direttore unico del settimanale.

4 dicembre: viene assolto assieme a Manzoni nel processo Einaudi ("Nebiolo") dall'accusa di offese all'onore del Presidente della Repubblica Luigi Einaudi. Il Procuratore Generale della Repubblica ricorre in appello e il 10 aprile 1951 verrà condannato, per avere offeso - a mezzo stampa - il prestigio del Presidente della Repubblica, assieme a Manzoni, a otto mesi con la condizionale.

1951
A Milano e Brescello, la saga cinematografica
1951 Scrive il soggetto, la sceneggiatura e i dialoghi per il film *Don Camillo*.

«Gino Cervi corrisponde esattamente al mio Peppone.
«Fernandel non ha la minima somiglianza col mio don Camillo. Però è talmente bravo che ha soffiato il posto al mio pretone. Così ora, quando mi avventuro in qualche nuova storia di don Camillo, mi trovo in grave difficoltà perché mi tocca di far lavorare un prete che ha la faccia di Fernandel.»

(Da *«Chi sogna nuovi gerani? "Autobiografia"»*,
di Carlotta e Alberto Guareschi, Rizzoli, Milano, 1993)

1952 - 1953
Alle Roncole, ritorno alla Bassa
1952, agosto: si trasferisce con la famiglia alle Roncole (PR) e fa il pendolare con Milano dove vive tre giorni alla settimana lavorando per il *Candido*.

Giovannino è un Guareschi del ramo "Bazziga" e, come tale, ama la campagna e le macchine. Dopo aver cercato di riacquistare, senza successo, le vecchie ex proprietà dei suoi, compra diversi poderi, risistemando, dove necessario, i terreni, rimodernando e ampliando le abitazioni dei mezzadri e affittuari e costruendo - quasi sempre *ex novo* - stalle moderne, barchesse, rustici. Li attrezza con macchine moderne. Ma la nuova politica agraria pare voglia penalizzare le persone come lui che hanno investito danaro nella terra. Dopo pochi anni Giovannino, deluso, inizierà a svendere i suoi poderi.

1953 Scrive il soggetto, la sceneggiatura e i dialoghi per il film *Il ritorno di don Camillo*.

Pubblica *«Don Camillo e il suo gregge»*.

1954 - 1955
Inizia la vicenda De Gasperi - Guareschi

1954. Il 20 e 27 gennaio pubblica su *Candido* due lettere attribuite a De Gasperi con un duro commento. In
febbraio De Gasperi querela Giovannino. Viene istruito il processo e, dopo due rinvii, il
13 e 14 aprile hanno luogo la seconda e terza udienza del processo e Giovannino, il
15 aprile, viene condannato a dodici mesi per diffamazione. Non ricorre in appello e il
26 maggio entra nelle Carceri di San Francesco a Parma dalle quali uscirà nel
1955, il **4 luglio** (405 giorni), in libertà vigilata.
1956, 26 gennaio: termina la libertà vigilata.

Commento: Giovannino, querelato da De Gasperi con ampia facoltà di prova, consegnò al Tribunale le lettere accompagnate da una perizia calligrafica che non venne tenuta in considerazione dal Tribunale. Nel procedimento l'ampia facoltà di prova, in pratica, gli fu negata perché non gli furono concessi né le nuove perizie richieste né l'ascolto di testimoni a suo favore. Sulla base delle testimonianze a favore di De Gasperi, del suo alibi morale e del suo giuramento che le lettere erano false, il Tribunale decise di aver raggiunto la prova storica del falso condannando Giovannino per diffamazione. La sentenza metteva in evidenza il fatto che, anche nel caso di una perizia grafica favorevole all'imputato, *«una semplice affermazione del perito non avrebbe potuto far diventare credibile e certo ciò che obiettivamente è risultato impossibile e inverosimile».* Per questa ragione Giovannino non ricorse in appello e, avendo perso la condizionale, andò in prigione. Non chiese grazie o agevolazioni, non usufruì di condoni, gli venne assommata la pena per la prima condanna ("Nebiolo") nonostante fosse stata nel frattempo decretata un'amnistia che riguardava reati ben più gravi. Uscì dal carcere ed ebbe la libertà vigilata in forza di legge e grazie alla qualifica di "buono" ottenuta in carcere.
Coda. Nel 1956, nel corso del processo intentato in contumacia contro Enrico De Toma, il fornitore delle due famose lettere a Giovannino, il Tribunale di Milano affidò a un collegio di tre periti l'esame delle due lettere negato due anni prima a Giovannino. La conclusione dei periti fu che *«non esistevano prove tali da stabilire inequivocabilmente la falsità delle lettere».* Il Tribunale incaricò un successivo superperito che dichiarò le lettere *«sicuramente false».* La difesa di De Toma impugnò la superperizia e ne chiese una di parte. Sconcertante il responso dei periti della difesa che

dichiararono di rilevare «*palesi diversità fra dette lettere e quelle pubblicate su* Candido». Il 17 dicembre 1958 il Tribunale dichiarò estinto per amnistia il reato di falso e assolse De Toma dall'accusa di truffa per insufficienza di prove, con l'ordine di distruggere i documenti.

1954, dicembre: esce il «*Corrierino delle famiglie*».

1955 Scrive in carcere il soggetto, la sceneggiatura e i dialoghi per il film *Don Camillo e l'onorevole Peppone*.

1955 - 1961
Alle Roncole, il caffè, la morte di *Candido*

1957, 27 settembre: realizza una sua passione aprendo un piccolo caffè alle Roncole, di fianco alla casa natale di Giuseppe Verdi. Il progetto, l'arredamento e le direttive per la conduzione sono suoi. È stato il primo (e forse l'unico) locale pubblico dove, in vetrina, era appiccicato il cartello: «*In questo locale non c'è* Juke box»... Amplierà la sua "attività turistica" aggiungendo al caffè - nel 1964 - un ristorante.

1957, 10 novembre: lascia la direzione di *Candido* continuando a collaborare con articoli e disegni.

1959, ottobre: scrive «Il compagno don Camillo» che appare a puntate su *Candido* (uscirà in volume nel 1963) a Cademario (*Cadegigi*), in Ticino, dove, dal 1956, passa l'autunno e l'inverno.

1961 Scrive soggetto, sceneggiatura e dialoghi per *Don Camillo monsignore... ma non troppo*.

2 ottobre: lascia *Candido* e Rizzoli chiude il giornale.

1962 - 1965
Alle Roncole, *La Notte, La Rabbia, Il Borghese, Oggi*

1962, maggio: inizia una breve collaborazione con quattro disegni al quotidiano *La Notte* diretto dall'amico Nino Nutrizio. La collaborazione riprenderà nel novembre 1963 con più vignette giornaliere e continuerà - con pause dovute a malattia - fino al 22 maggio 1968.

giugno: viene colpito da un primo infarto.

1963, gennaio: è a Roma dove rimane fino al 26 marzo per scrivere il soggetto, la sceneggiatura, i dialoghi e curare la regia della seconda parte del film *La Rabbia*. La prima parte è di Pier Paolo Pasolini.

febbraio: comincia a collaborare al *Borghese*, diretto da Mario Tedeschi, con rubriche, articoli e disegni che compariranno settimanalmente - salvo interruzioni per malattia - fino al 30 maggio del 1968.

Collabora dal 24 al *Giornale di Bergamo*, diretto da Alessandro Minardi, inviando 19 disegni fino al 5 maggio. Riprenderà con 4 disegni, gli ultimi, nel dicembre 1966.

dicembre: esce «*Il compagno don Camillo*».

1964 Scrive il soggetto, la sceneggiatura e i dialoghi del *Compagno don Camillo*.

aprile: inaugura alle Roncole un piccolo ristorante a fianco del caffè aperto nel 1957, anche questo realizzato e condotto su suo disegno e direttive. Condotto dal figlio con la sua famiglia, rimarrà aperto per più di trent'anni e nel 1995 chiuderà per cedere il posto alla Mostra antologica permanente «Tutto il mondo di Guareschi», al piccolo Centro Studi, all'Archivio Guareschi e alla sede del «Club dei Ventitré».

«Guadagnati coi libri dei quattrini ho tentato di fare l'agricoltore e l'oste, con lacrimevoli risultati per me, per l'agricoltura e per l'industria turistico-alberghiera del mio paese. Adesso sono pressoché disoccupato, perché nessuno in Italia, eccettuato un amico di Roma, ha l'incoscienza di pubblicare i miei articoli e disegni politici. Ma io non mi agito e mi limito ad aspettare tranquillamente che scoppi la rivoluzione.»

(Da *«Chi sogna nuovi gerani? "Autobiografia"»*,
di Carlotta e Alberto Guareschi, Rizzoli, Milano, 1993)

10 ottobre: inizia a collaborare con una rubrica di critica televisiva e costume e con disegni a *Oggi*. Continuerà fino al maggio del 1968.
1965 Inizia a collaborare con la *Paul Film* scrivendo i testi per caroselli pubblicitari e continuerà fino al 1966.

1966 - 1967
Alle Roncole, a Cervia, a Cademario:
«La calda estate del Pestifero», *«Don Camillo e don Chichì»*

1966, luglio: A Cervia dove, da anni, passa l'estate, scrive il testo per il libro pubblicitario *«La calda estate del Pestifero»*. Il libro uscirà nel 1967.
Isolato per salute a Cademario assieme a Ennia, scrive per *Oggi* quasi tutte le puntate di *«Don Camillo e don Chichì»* (su *Oggi* si chiama «Don Camillo e la ragazza yé yé»). Il libro, preparato da Giovannino, uscirà postumo e incompleto nel 1969 col titolo *«Don Camillo e i giovani d'oggi»*. La Rizzoli lo ha riproposto nel 1996 in forma integrale e col titolo originale.
1967 Esce *«La calda estate di Gigino Pestifero»*.

> Il titolo e il testo sono stati modificati a sua insaputa. Giovannino consente all'editore di vendere la 1ª edizione diffidandolo dal farne altre. Verrà ristampato, col testo originale e senza disegni, nell'aprile del 1994 dalla Rizzoli, col titolo scelto da Giovannino: *«La calda estate del Pestifero»*.

A Cervia, il congedo
1968, 22 luglio: Giovannino muore a Cervia (RA) per infarto cardiaco.

Le rosse bandiere dei socialisti della Bassa sventolavano sotto la sua finestra quando, il 1° maggio di sessant'anni prima, nacque a Fontanelle. La bandiera con lo stemma, la stessa che volle nel suo ultimo viaggio la signora Maestra, lo accompagnò al cimitero delle Roncole. Per tutta la vita sventolò per lui la bandiera della Libertà.

FONTI BIBLIOGRAFICHE

«Don Camillo e il suo gregge», di Giovannino Guareschi, Rizzoli, Milano, 1953.
«Diario clandestino», di Giovannino Guareschi, Rizzoli, Milano, 1949.
«Chi sogna nuovi gerani? "Autobiografia"», di Carlotta e Alberto Guareschi, Rizzoli, Milano 1993.
Milano 1936 - 1943 - Guareschi e il Bertoldo, di Carlotta e Alberto Guareschi, Rizzoli, Milano, 1994.
«Vita con Gio'», di Giovannino Guareschi, Rizzoli, Milano, 1995.

L'appendice, le note biografiche e l'elenco cronologico delle opere sono a cura del «Club dei Ventitré», associazione che vuole essere un punto di riferimento per tutti gli amici di Giovannino Guareschi.

La Segreteria del «Club dei Ventitré» è a disposizione di tutti per informazioni e per la consultazione del materiale elencato, disposto sia in ordine alfabetico che cronologico, e integrato da una serie di altri elementi (note di colore, curiosità, aneddoti).

Club dei Ventitré - 43010 Roncole Verdi (PR)
Tel. 0524/92495
Fax 0524/91642
Mailbox pepponeb@tin.it
www.giovanninoguareschi.com

Sommario

C'era una volta un prigioniero... No:
c'era una volta un bambino...
Meglio ancora: c'era
una volta una
Poesia...

Finito di stampare nel dicembre 2007 presso
 Grafica Veneta - via Padova, 2 - Trebaseleghe (PD)
Printed in Italy

ISBN 978-88-17-00346-9